KB059416

내 인생에 무임승차 좀 할게요

* 저자의 말맛과 언어적 재미를 위해 구어체적 표현을 썼으며 어문 규정에 어긋난 표기를 일부 사용했습니다.

내 인생에 무임승차 좀 할게요

1판 1쇄 인쇄 2023년 7월 11일
1판 1쇄 발행 2023년 7월 18일

지은이 | 이다정
발행인 | 홍영태
발행처 | 북라이프
등 록 | 제2011-000096호(2011년 3월 24일)
주 소 | 03991 서울시 마포구 월드컵북로6길 3 이노베이스빌딩 7층
전 화 | (02)338-9449
팩 스 | (02)338-6543
대표메일 | bb@businessbooks.co.kr
홈페이지 | http://www.businessbooks.co.kr
블로그 | http://blog.naver.com/booklife1
페이스북 | thebooklife
ISBN 979-11-91013-55-9 03810

다들 개미만 꿈꾸면
베짱이는 누가 하냐고요!

내일모레 마흔. 살아온 날과 살아갈 날이 비슷해지는 중간값의 그즈음. 위로 치이고 아래로 치이는 어중간한 숫자. 아이들이 보면 어른 같고, 어르신들이 보면 아직은 청년 같은 나이. 마흔 앞에 붙는 수식어가 뭐 이리도 많은지…. 처음 맞이하는 불혹이 다가온다.

철저히 궁금해하지 않을 작정이다. 내가 어떻게 살아왔는지, 어떤 성공을 이뤘는지에 대해서. 솔직히 말하자면 이뤄놓은 게 없어서 되새김질할 건더기가 없다. 덜 공부하고 덜 일하고 덜 꿈꾸다 보니 남은 건 빈약한 몸뚱이 하나. 이게 내 전부다.

　왜요? 인생 좀 날로 먹으면 안 되나요? 다들 개미만 꿈꾸면 베짱이
는 누가 하냐고요. 세상의 중심, 세상의 주인공은 철저히 거부하
고 싶은 심보. 그저 행인 37 정도면 족하다.

　팍팍하게 평생 레벨업만 하다 늙을 순 없다. 뼈 빠지게 살아온 결과
가 진수성찬 제삿밥일 게 뻔하다. 마른 김 한 장이라도 현생에서 먹어
야 더 맛있는 법이다. 개똥밭에 굴러도 이승이 낫다는 말까지 나오
는 게 좀 거창하지만 바로 지금, 이 순간 자체가 소중하다. 살짝
모가 나 있을지라도.

　누구나 치는 인생의 발버둥, 좀 덜 쳤다고 물에 가라앉으면 물
놀이나 하지 뭐. 꿈꾸지 않는 게 꿈이고 목표가 없는 게 목표다.
철저히 계획된 자포자기의 삶을 차곡차곡 쌓아가고 있다.

　남들처럼 평범하게 살라는 부모님의 말씀은 감히 손도 못 대
고 한쪽 구석에 전시 중이다. 생각만 해도 오금이 저리는 잔소리
공격이지만 이미 도가 튼, 한 귀로 흘리기 수십 년 경력자 되시겠
다. 뭣도 없어서 부모님께 기생하고 있지만 이 사실 하나만으로
도 이미 현자로 인정받아야 한다. 나이 마흔 살이 다 되도록 얹혀
사는 거 아무나 못하는 짓이다.

　나는 나를 키우는 것만으로도 하루가 부족하다. 배고프지 않게 밥
먹여줘야 하고, 적당히 운동도 시켜줘야 한다. 아프면 약 먹여줘야 하

고, 냄새 안 나게 매일 씻겨줘야 한다. 기분이 좀 우울하다 싶으면 매운 안주에 소주 좀 먹이며 살살 달래줘야 한다. 인간 하나 만들어보겠다고 세팅해주는 게 뭐 이리 벅찬 건지. 이렇게 매일 바쁘니 성공할 시간이 없다. 그러니 남들 다 하는 성공, 나 하나쯤은 건너뛰기해도 될 것 같다.

어릴 적 싹수를 일찍 알아봤더라면 날로 먹는 법을 더 빨리 터득했을 텐데⋯. 언제부터였는지 남들보다 잘난 게 없어서 남들처럼 살긴 글렀다고 생각했다. **성공 그까짓 거 하긴 어려워도 실패 몇 번쯤은 거뜬히 해낸 소중한 몸뚱이다. 이제 익은 감이 떨어지기만을 기다려보련다.** 떨어지지 않으면 어차피 까치밥 되고, 떨어지면 터져 문드러질 단감. 맨입에 꿀꺽하는 게 뭐가 나쁜가. 눈치 보게 만드는 세상이 더 나쁘지.

심각하게 애쓰는 건 마치 꽉 끼는 옷을 입는 것 같지만 싫어도 입어야 할 때가 있다. 누군가는 두꺼운 겨울 점퍼를 입어야 하고, 누군가는 얇은 속옷 하나만 걸치기도 한다. 각자가 짊어져야 할 옷의 무게가 다른 건 누가 정해주는 걸까? 그래도 공평한 건 누구나 처음 살아가는 삶이라는 거다. 그래서 마냥 좋지만도, 마냥 싫지만도 않다.

모든 일에 자신하는 것만큼 어리석은 일은 없다. 그래서인지 가끔 걱정이 몰아친다. 성공하지 않겠다고 자신했는데 혹시 성공해버리면 어쩌나 싶다. 그것도 아주 크게 말이다. 예전에도 그랬고 지금도 그렇다. 아무도 알아주지 않는 깃털보다 가벼운 인생. 네 캔 묶어 1만 원에 팔릴 것 같은 꼽사리 인생. 우주에서 보면 우린 컴퓨터용 사인펜으로 찍은 점보다 더 작은 무언가에 불과하다. 너무 작아서 표현할 단어도 없다.

　내 인생이지만 내 인생에 이렇게 신세를 져도 되나 싶다. 다행히 중간중간 튀어나온 과속 방지턱 덕분에 큰 사고는 없었다. 한 번 사는 인생 계속 이 꼴로 살아야겠다. 앞으로 몇 번의 실패가 더 찾아올지 모르지만 준비는 되어 있다. 정해진 답이 없는 게 인생사인데 억지로 답을 만들려다 탈 나면 병원비만 든다. 그 돈 아껴서 소주 한 병 사 먹는 게 정신 건강을 지키는 비법이다. 이미 난 성공하지 않는 법에 성공했는지도 모른다. 오늘도 최선을 다해 정성껏 대충 날로 먹고 있다.

차례

fade in(프롤로그)

다들 개미만 꿈꾸면 베짱이는 누가 하냐고요! 5

1차 pm 06:20

소화 잘되는

죽 같은 인생

2차 pm 09:17

모두가 왼쪽으로 간다고?

그럼 난 오른쪽!

3차 pm 11:51

제발 한 놈만

걸리게 해주세요!

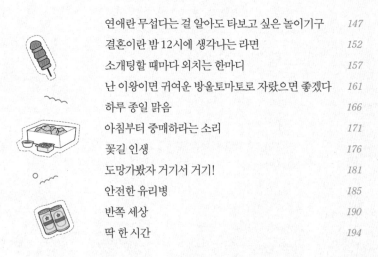

4차 am 02:05

인생은 달쓰달쓰.

ID : 무임술차

1차 pm 06:20

소화 잘되는
죽 같은 인생

정말 소화 잘되는 죽 같은 인생만 살아왔다.
어쩌면 시련을 시련으로 받아들이지 않고,
실패를 실패로 받아들이지 않는 이상함이
지금의 나를 만들었던 것 같다.
나는 지금부터 이걸 특별함이라 부르겠다.

서른일곱 살
어린이

"MBTI가 뭐예요?"

"네? MBTI가 뭐예요?"

분명 상대방이 먼저 물었는데, 똑같이 되물었다. 'MBTI가 뭐지?' 속으로 다시 생각해봐도 모르겠다. 무슨 박사 학위를 말하는 건가? 방구석 쭈구리가 알 리가 있나. 나중에 알고 보니 성격유형 검사라고 한다. '아 이런 게 있구나' 생각만 하고 검사는 안 했다. 그래야 나답지, 그럼.

그런데 유행인 건지 누굴 만나도 MBTI를 물어본다. 결국은 검사를 해보고야 말았다. 'INTP'란다! 앗싸, 드디어 답할 거리가 생겼다. INTP라는 것만 알 뿐 어떤 유형인지 알아보는 건 내 취향이 아니다. 난 아직도 INTP가 어떤 인간을 말하는 건지 모른다.

몇 가지 한정된 유형으로 나눈다면 나 같은 성격 유형들이 이 세상에 수백만 명은 될 텐데… 생각만 해도 끔찍한 건 뭐지. 우리 때는 혈액형 하나면 다 통하는 세상이었다! 지금도 서른일곱 살이 소개팅에 나가면 MBTI보다는 혈액형 이야기를 하는 게 더 편하다. 중매라고 부르지 마세요. 30대까지는 소개팅이라고 하렵니다. 혈액형은 네 가지인데, MBTI는 16가지 유형이 있어서 좀 더 상세히 알 수 있다는데 머리만 복잡해진다.

무언가 단정 짓는 걸 어릴 때부터 안 좋아했다. 물을 어떤 모양의 컵에 따르느냐에 따라서 모양이 변하듯 놓인 환경에 따라 사람의 성격도 바뀔 테니까. 하지만 취업 시장에서는 내가 어떤 사람인지 정확하게 알려줘야 잘 팔린다.

가장 자신 없는 게 자기소개서 쓰는 일이다. 나는 이런 사람이니까 뽑아달라고 하는 게 왜 그리 낯간지러운지. 그걸 못해서 아직도 내가 백수인 거구나 싶다. 면접에 늘 자신이 없었던 이유를 이렇게 알게 되다니. 몸은 성인이어도 정신은 아직 성숙하지 않은 걸까? 아니면 아직 인생의 쓴맛을 못 본 걸까? 물론 닥치면 다하게 되긴 하더라. 대신 결과는 묻지 마시오.

어릴 때부터 뻔질나게 들었던 말이 있다.

"왜 이렇게 철이 없니?"

어릴 때야 그렇지만 서른일곱 살이 된 지금도 그 말을 듣는 내 기분은 어떻겠습니까? 화난 거 아니고요, 그냥 그렇다는 얘깁니다. 철이 없다는 게 뭘까? 무언가에 대해 깊이 생각을 안 하는 편이긴 하지만 이번 기회에 해보려고 한다.

유튜브에도 수없이 댓글이 달린다. 철이 없다고. 다들 나에게 철이 없다고 한다. 그래서 묻고 싶네요. 그럼 철이 있다는 건 대체 뭐냐구요? 흔히 말하는 것처럼 결혼을 안 해서, 아이를 안 낳아서 철이 안 들었다는 뜻일까? 아니면 그냥 철이 없어 보인다는 걸까? 그나마 몇 가지 찾아본 핑곗거리는 이 정도다.

사실은 철이 없다는 말이 기분 나쁘지 않다. 40대가 되어도 그런 말을 듣고 싶다. 진지한 이 세상 진짜 철들면 병난다. 난 남들보다 조금 덜 무겁게 살아갈 뿐이다. 덜 고민하고, 덜 슬퍼하고, 덜 노력하고, 덜 걱정한다.

이왕 이렇게 된 거 진짜 솔직해지겠다.

맞다! 사실 노는 게 좋다.

어릴 때부터 "놀지 말고 공부해라.", "숙제해라." 이런 말만 들어왔다. 이제 학교도 안 다니는데 좀 놀면 어떤가. 일할 때도 노는 것처럼 했고 백수인 지금도 열심히 놀고 있다. 여기서 '논다'는 말은 즐겁게 한다는 뜻이다. 즐겁지 않으면 즐거운 척이라도 했던 것 같다.

왜요? 어른들은 즐거우면 안 되나요?

어릴 적 뇌리에 박힌 일이 있다. 웃고 다닌다고 혼났던 기억이다. 한 번이 아니라 손에 꼽을 만큼이다 보니 기억에 남은 듯하다. 초등학생 시절 선생님께 혼날 때였는데 나도 모르게 웃었나 보다. 그 모습을 본 선생님이 이렇게 말씀하셨다.

"너는 왜 항상 웃고 다니니? 항상 웃음으로 모든 걸 때우려 하더라."

선생님의 그 말씀에 충격을 받았다. 그래서 한동안 웃음을 잃었을 거라고? 아니, 전혀 그렇지 않다. 잘 웃는 내 습관은 충격적인 이야기를 듣고도 고쳐지지 않았다. 중학생 때도, 고등학생 때도 늘 그랬다. 웃지 말아야지 다짐하지만 어느 순간 웃고 있는 내 모습을 발견하고 포기해버렸다. 분명 아침에 엄마한테 혼났는데도 여전히 웃고 있는 모양새라니.

이런 걸 진상이라고 하는 건가?

회사 다닐 때도 마찬가지였다. 자주 웃는 나를 보고 사수가 "넌 왜 자꾸 웃냐." 하며 혼냈다. 웃는 얼굴에 침 못 뱉는다는데 난 항상 지적질만 받았다. 세 살 버릇 여든 살까지 가는 건 모르겠고 일단 서른일곱 살까지 가는 건 확실하다.

10년 후가 되면 어떨까? 계속 웃어서 눈주름이 자글자글해졌다 해도 계속 이렇게 철없이 살다 엄마한테 등짝이나 맞겠지. 별수 없다. 생겨 먹길 그런걸.

아버지가 명절 때마다 하시는 잔소리가 있다. 주로 이런 레퍼토리다. '내가 네 나이 때는 이미 초등학생이 된 애 둘이 있어서 처자식 먹여 살리느라 바빴다. 그런데 지금 넌 시집도 안 가고 이렇게 부모랑 같이 살고 대체 뭐 하는 거냐. 독립이라도 해야 하지 않겠느냐.'

사실 딱 서른 살이 됐을 땐 빨리 나가라고 닦달하셨다. 그게 안 통하니까 이제는 전략을 바꿔 살살 달래신다. 아버지! 독립한다고 다 결혼하는 거 아니에요. 낮에도 역사가 이뤄지는 세상인데, 그냥 아버지 업보라고 생각하시는 게 건강에 이롭습니다.

오늘도 방구석으로 피신 완료.

진지한 이 세상,
진짜 철들면 병난다.

내 밥그릇

뜨겁다. 속에서 뜨거운 무언가 흐른다. 10년간의 직장생활을 끝낸 첫날 나는 혼자 잔을 들었다. 바로 이거지, 빈속에 흐르는 알코올! 숨어서 소주 마실 맛 난다니까.

10년이라고는 하지만 몇 달 다니다 그만둔 곳, 몇 년 다니다 그만둔 곳을 모두 합하면 몇 군데의 직장을 다녔던 걸까? 어느 책에서 보니 젊을 땐 다들 방황한다던데, 난 방황한 게 아니라 그냥 살아간 거니까 이 정도면 만족한다.

대학교 졸업을 앞두고 들어간 첫 직장. 한 번쯤은 무언가에 미쳐야 세상 살기가 편하다고 한다. 그런데 하필 회사 대표와 대표 아들이 돈에 미친 게 문제였다. 그 바람에 100만 원이었던 귀엽고 소중한 내 월급을 서너 달간 받지 못했다. 그래도 처음 몇 개월은 세금 떼고 달마다 90만 원 언저리의 돈이 통장에 찍혔다.

첫 월급을 받던 날, 유난 떠는 모습을 드라마에서 많이 본 덕분인지 실제로는 큰 감흥이 없었다. 그래도 나만의 감격 포인트는 있었다. 평소에는 가격이 부담돼서 사 먹지 못했던 족발을 안주로 먹을 수 있다는 것에 새삼 감격했으니까. '이게 어른의 맛이구나' 싶었다.

서너 달 동안 월급을 못 받으니 밥값이 없고, 술값이 없었다. '에라 모르겠다' 그냥 그만두려 했는데 사직서를 내라고 한다. 월급에 대해서는 묻지 말고 사직서를 내야 잘 그만두게 해준다고 대표 아드님이 그러셨다. 아무 생각 없이 '개인 사정'으로 그만둔다는 사직서를 내고 급하게 다른 직장을 구해서 다녔다. 그러던 어느 날, 첫 직장에서 받지 못했던 월급이 들어왔다.

월급을 못 받았던 건 나뿐만이 아니었다. 여섯 명 정도 되는 동료와 선배들이 월급을 못 받았고 다 같이 고용노동부에 신고하러 가자고 했었다. 직장에 다니고 있었던 터라 직접 갈 수 없었던 나는 포기할까 고민하다 위임장을 건넸다. 한 명이라도 힘을 보태야 받을 가능성이 크다는 말에 바로 팩스를 쐈다.

첫 단추가 잘 끼워졌다고 해야 하나, 잘 못 끼워졌다고 해야 하나. 그렇게 남들처럼 회사 다니고 그만두고 이직하고, 또 회사 다니고 그만두고 이직하고. 그러다 지금의 내가 됐다. 남들과 비교는 하지 않겠다. 나는 정신승리 중이다.

마지막 회사는 가장 오래 다녔다. 4년 차, 누군가는 비웃겠지만 뿌듯한 숫자다. 만으로 하면 1년 깎이니까 꼭 4년 차라고 해야 한다. 그러다 누구나 겪는 번아웃이 왔다. 아니구나, 번아웃을 겪을 만큼 열정적이지도 않았고 바쁘지도 않았다. 누군가를 책임지는 자리에 있지도 않았다. 그냥 사원이었다. 그것도 막내. 그럼 갑자기 그만두고 싶은 마음은 뭐지? 그냥 미친 거지.

사직서를 내고 2주 후 백수가 된 첫날이다. 늦잠 자려고 벼르고 있었는데 새벽에 눈이 떠질 게 뭐람! 부모님 몰래 방구석에서 소주를 홀짝이고 있지만 그래도 지금 뿌듯하다. 최고로 살진 않았지만 열심히 살았다고 스스로를 토닥였다. 부모님께는 회사를 그만뒀다고 말씀드리지 않았다. 아무 생각이 없는 상태다. '앞으로도 그럴 것 같다'는 개뿔, 부모님이 지켜보고 계신다.

이 나이 먹도록 독립을 못해서 부모님께 빌붙어 사는 자식은 밥이라도 얻어먹으려면 자기 밥그릇은 있어야 한다. 이 중요한 걸 잊고 있었다. 아무 생각 없이 살기 대회가 열리면 포토제닉상 정도는 거뜬한 나인데, 점점 목이 조여오는 느낌이다. 1주일 만에 면접 보러 다닐 거면 멀쩡한 회사는 왜 그만둔 거지? 정규직 그만두고 계약직 면접 보러 다니는 내 인생에 브라보!

"뽑아만 주신다면 정말 열심히 하겠습니다."

오른손을 힘차게 휘저으며 말했다. '피식' 면접관이 웃었다. 아니 비웃었다. 비웃은 거 맞지? 이게 세 번째 면접인데 또 탈락이구나. 그래 이 회사는 날 담기에는 그릇이 작아 보인다. 뭐가 될진 모르겠지만 난 분명 그릇이 큰 사람일 거야. 그저 누군가 날 시험하고 있는 것뿐이야.

"안녕하세요. 처음 뵙겠습니다. 잘 부탁드립니다."

'피식' 웃었던 면접관이 부장님이셨구나. 어쩐지 인상이 좋아 보이시더라. 그렇게 첫 출근을 했다. 2년 동안 잘해보자고 속으로 다짐했다. 언제나 시작은 늘 우렁차다. 지구력이 부족할 뿐. 그런데 이 회사는 새로운 사람이 들어왔는데 회식한다는 말이 없다. 1주일 정도 지나니까 회식을 하긴 했다. 점심시간 회식이라 그런지 술은 구경도 못했다. 뭐 어때, 술이야 나 혼자 마시면 되지.

부모님 집에서 눈칫밥 먹고 있지만 하고 싶은 건 숨어서라도 하고야 마는 나는 비양심 인간이다. 그것은 바로 '혼술'. 사실 평소에도 혼술을 즐겨 하고 있지만 앞으로도 계속할 거라는 선전 포고라고나 할까. 방구석에서 부모님 몰래 마시는 것도 포함이다.

처음 가보는 지역에서의 혼술이 얼마나 짜릿할지 벌써부터 두근거린다. 세상 모든 신이시여. 조금 더 많은 안주를 먹을 수 있게, 조금 더 많은 알코올을 마실 수 있게 저에게 싱싱한 간을 주옵소서.

넌 아침부터
술이냐?

태어난 지 13,158일. 남자친구 사귄 지 며칠째인지 세본 적은 있는 거 같은데 태어난 지 며칠째인지는 처음 세본다. 갑자기 이런 걸 세보고 앉아 있는 나 자신 너무 귀엽긴 개뿔. "네 나이가 몇이냐?"라는 엄마 잔소리가 오늘은 유독 쎄하다.

부모님의 잔소리 레퍼토리는 늘 똑같고 내 레퍼토리도 그리 창의적이진 않다. 나는 얼른 "내 나이가 뭐 어때서."라고 말한 뒤 문을 닫는 것으로 잔소리를 임시 차단한다. 아주 살살. 바람이 불어 문이 세게 닫힐 수도 있으니까.

씻기도 귀찮고 모든 게 다 귀찮을 땐 방구석이 최고인데 마음은 불편하다. 독립 안 한 지 어언 37년. 안 한 게 아니라 못한 걸 알지만 행복회로는 늘 가동 중이다. 회사원 친구들은 일하고 애엄마가 된 친구들도 일하면, 나는 누가 키워주나?

여기에 내 귀차니즘이 약간 추가된 관계로 내가 친구와 약속 잡는 날은 손에 꼽힌다. 그나마 친구도 없는데 꼭 없는 것들이 이런다니까. 친구와 겨우 약속을 잡았는데 취소되는 건 또 이렇게 쉽다니…. 왜 어른들이 '인생은 독고다이'라는 말을 그리 자주 하는지 사실 난 스무 살 되자마자 알고 있었다. 그런데도 아직 부모님 품에 부대끼며 살고 있다니, 이상과 현실은 달라야 제맛이구나.

"갑자기 아기가 아파서 못 나갈 거 같아, 미안해."

아침 일찍 친구한테서 연락이 왔다. 한 달 전에 잡은 약속인데…. 이렇게 된 거 아침부터 달려야지, 뭘 어떡해. 일찍 알려주니 그저 다행일 뿐이다. 멍하니 주변을 둘러본다. 냉장고만 있었다면 완벽했을 내 방. 그나마 미지근한 술을 좋아해서 망정이지 큰일 날 뻔했다. **과자 하나만 있어도 완벽한 내 상. 나에게 주는 상. 꼭 상이 잘하는 사람만 받는 건 아니라고 이 노처녀는 외칩니다.**

랜선 친구는 많아도 실제로 만나서 신나게 떠들 수 있는 친구는 몇 명 없는 편이다. 오늘을 얼마나 기다렸는데…. 무슨 메뉴를 먹으러 갈지 미리 정해놓고도 더 괜찮은 데가 없나 찾아봤다. 오늘 만남을 많이 기대했구나, 나.

혼밥, 혼술을 즐겨 하고 좋아하지만 누군가를 만나는 것도 좋아한다. 땜빵해줄 친구 찾는 게 쉽지 않으니 일단 1차로 부모님 몰래 방구석에서 먹고, 저녁엔 매콤한 안주와 함께 또 몰래 먹어야지. 물론 몰래 먹다가 90퍼센트는 부모님께 들키지만 말이다.

숨어서 먹고 마시는 이상한 습관은 반복 학습을 통해 완성됐다. 아주 오래전 초콜릿 맛이 나는 음료수를 아침밥 먹으며 함께 마셨다. 알코올이 5퍼센트 이하로 들어 있는 액체를 나는 음료수라고 부른다.

그 모습을 본 아버지가 "누가 아침부터 이런 걸 마셔. 알코올 중독자도 아니고."라며 언성을 높이셨다. 그 후부턴 무알코올이라고 쓰여 있는 음료수를 마시려 시도했다. 그 모습을 본 아버지는… 더는 타이핑 불가다. 동방예의지국인지라 더는 쓸 수 없다. 혼밥 중에 마셨던 건데 이 노처녀는 억울하옵니다.

그 후로 아침이고 낮이고 밤이고 간에 몰래 먹는 버릇이 생겼다. 어버이의 은혜에 감사합니다(?). 신기한 건 술을 잘 못 드시는

과자 하나만 있어도 완벽한 내 상. 나에게 주는 상.
꼭 상이 잘하는 사람만 받는 건 아니라고
이 노처녀는 외칩니다.

아버지가 어떻게 무알코올 음료수를 알아보셨냐 하는 점이다. 역시 난 손바닥 안의 기생충이다.

나름 철학이 있는 인생인데 이렇게 잔소리만 들으며 평생 방문을 닫고 지낼 수는 없다. 나는 어릴 적부터 유독 아침에 무언가 하는 걸 좋아했다. 남들이라면 저녁에 할 법한 일들을 나는 아침에 해치운다. 해 뜨기 직전의 고요함은 내가 가장 착해지는 시간이다.

결코 나이 들어 아침잠이 적어져서가 아니란 말이다. **서른일곱 살이면 아직 돌도 씹어 먹을 나이다.** 평균 수명이 늘어남에 따라 돌 씹어 먹는 나이는 30대까지로 정했다. 내 마음대로!

부모님한테 나는 깨물어서 아픈 손가락일까? 아픈지 안 아픈지 애써 알아야 할까? 그럼 안 깨물면 되잖아! 쓸데없이 손가락을 깨물긴 왜 깨물어. 까딱하다간 임플란트를 해드려야 한다.

물론 지금의 내 모습은 내가 꿈꿔오고 그려온 내 모습과는 다르다. 유치원 때 꿈은 선생님. 초등학생 때 꿈은 발레리나. 중학생 때 꿈은 댄서. 고등학생 때 꿈은 소설가. 대학생 때 꿈은 기억에 없다. 아마 꿈꾸지 않았던 것 같다. 잘 그리고 싶어도 잘 그릴 수 없는 걸 이미 알아버린 느낌이랄까. 아니다, 그리긴 그렸었다. 삐쭉, 빼쭉, 삐뚤, 빼뚤이지만.

사실 아침 시간을 좋아하는 진짜 이유는 일과를 미리 그려보는 걸 좋아해서다. 먼 미래의 꿈을 그리기엔 너무 벅차지만 하루하루를 그리는 건 자신 있다. 쉽게 이룰 수 있으니까. 목표는 항상 낮게 잡는다. 그래서 내 목표 달성률은 늘 100퍼센트다. 내 코인도 이럴 순 없는 거니?

내 모습은 남들이 평가해주는 대로 바뀌어간다는데 딱히 남들을 신경 써보진 않았다. 나 편한 대로 하고 다녔다. 그래서 이 모양이 됐을 거라고 자책하지 않기로 약속했다. 하지만 이런 나도 딱 3년 정도 빡세게 힘주고 다닌 적이 있다. 바로 여고 시절.

여고 시절이라고 하니까 왠지 어감이 우리 어머니 때 시절을 연상시키네. 그러니 그냥 고등학생 시절이라고 해야겠다. 교복 상의는 누런빛이고 교복 치마는 연둣빛이어서 우리 학교 학생들의 별명은 어디를 가나 똑같았다. 배추벌레! 배추벌레에 줄을 그어도 배추벌레긴 하더라.

지금 이 원고를 쓰는 시각은 새벽 5시 34분. 그럼 속을 뜨끈하게 데워야 하니 뚜껑을 까보러 가야겠다. 부모님께는 비밀이다.

행복의 빈칸…
몇 개가 빠진 거지?

기억나지 않는다. 언제부터였던 거지, 먹고사는 데 바빠서 나를 놓고 살았던 게. 정말 내가 원했던 건 무엇이었을까? 아, 생각났다. 무려 25년 전쯤인 초등학생 시절 예쁜 옷을 입고 싶어서 시작한 발레가 내 적성에 딱 맞더라! 줄곧 칭찬도 받고, 내내 즐거웠고, 학원 차 기다리는 시간은 너무 설렜다.

  그러다 대회 참가를 위해 본격적으로 작품에 들어가야 하는 시기가 오니까 부모님의 눈동자가 흔들렸다. 그 눈빛을 아직도 잊을 수가 없다. 1990년대였던 그 시절에도 발레 작품 하나를 준비해 대회에 나가려면 작품비, 의상비, 레슨비 등이 만만치 않았다.

　부모님께 대회에 나가야 한다고 말하지 말걸. 그 후로 부모님
은 학원비를 주지 않으셨고 나는 아무런 반항도 못한 채 학원을
그만둬야 했다. 사실 대회가 열리기 얼마 전부터 우리 집에 돈이
없다는 걸 눈치채고 있었다. 하지만 학원 선생님께는 돈 때문에
그만둔다는 말을 죽어도 하기 싫었다.

　그냥 몇 날 며칠을 울었다. 그랬더니 좀 나아지더라. 그 후 누구
나 오는 사춘기가 찾아왔고 평범한 중고생 시절을 보냈다. 사이
사이마다 크고 작은 사건들이 다녀갔지만 타격은 입지 않았다.
이미 발레를 그만두면서 조금은 단련이 됐나 보다.

　지금은 나이가 나이니만큼 성공 혹은 실패, 연애 혹은 이별, 결
혼 혹은 이혼, 이런 굵직한 것들만 눈앞에 놓여 있다. 정작 당사
자가 괜찮다고 해도 주변에서 대신 걱정해주는 게 한국인의 정
아니겠는가. 부모님은 평범하게 사는 게 최고라고 하시는데… 전
진작에 글렀어요.

　어딘가 부족한 듯한 인생이기에 평범함에서 멀어진 지 오래다.
출근할 회사가 없는 반백수여서? 하루걸러 술만 마시는 인생이
어서? 결혼은 고사하고 남자친구조차 없는 몸뚱이여서?

나 대신 걱정해주시느라 흰머리가 하나 더 늘었다는 핑계는 대지 마세요, 어머니. 그건 그냥 노화입니다.

몇 없는 친구 중 한 명은 애가 셋이고 올해로 첫째가 초등학교 3학년이라고 했던가. 우와, 내 정신연령이랑 똑같네. 친구들이 결혼하고 아이를 낳는다. 가끔 놀러갈 때마다 아이들이 커가는 모습을 보면 정말 귀엽다. 하지만 부럽지가 않다. 난 정말 부럽지가 않아. 장기하 오빠도 계속 외쳤다. 전혀 부럽지가 않다고.

계약직이었지만 회사 다닐 때는 주된 잔소리가 결혼이었다. 그런데 이젠 계약만료로 회사를 못 나가는 실정. 결국 벌어서 먹고 사는 문제가 주된 잔소리가 됐다. 흑역사는 더 큰 흑역사로 덮고 논란은 더 큰 논란으로 덮고…. 이 말이 이럴 때 쓰는 말이 맞는 건가?

결혼 잔소리를 취직 잔소리가 덮어버렸다. 지긋지긋한 결혼 잔소리를 안 듣기 위해서라도 취직하면 안 되겠다.

지난해 여름 계약이 만료돼서 출근하지 않았던 어느 날, 유난히 해가 일찍 떠서 새벽에 잠이 깼다. 회사 다닐 땐 출근 시간이 8시였다. 아침마다 매번 일어나기가 힘들었는데 지금은 왜 이렇게 일찍 눈이 떠지냐고요. 나만 이런 경험을 해본 건 아닐 거다.

이건 우리나라, 아니 전 세계 사람들이 겪는 이상징후다.

멘탈이 약해져 있을 때는 사소한 말이나 행동에도 눈물샘이 팡 터질 때가 있다. 허리가 아파서 한의원에 침을 맞으러 갔는데 천장 쪽에 올려져 있던 베개가 얼굴로 떨어졌다. 간호사가 얼른 달려와 죄송하다고 했다. 그 말과 동시에 눈물이 팡팡파라파라팡팡팡 터졌다. 간호사는 어쩔 줄 몰라 하다 이내 사라졌다.

나는 침 맞으면서도 눈물 바람이다. 소리 없이 눈물이 주르륵. 비련의 여주인공 별거 아니네. 그 집 침 참 잘 놓았는데⋯. 그 한의원은 셀프 출입금지하기로 했다.

내 인생, 잘 살고 있다고 아무렇지 않다고 생각했는데 아니었구나. 크으, 유독 달다. 항상 같은 술인데 왜 유독 단 거냐. 술맛은 인생의 맛과 반비례하는 건가? 하지만 후회는 없다. 매 순간 모두 내가 선택한 길이었기 때문이다. 다시 시작하면 되지 뭐. 그런데 어떤 걸 시작하지? 사실 그건 아직 모르겠다.

한동안 입에 달고 살았던 말이 있다. 회사에서 혼났을 때, 회사를 때려치우고 싶을 때, 과음 후 회사 출근이 힘들 때. 그럴 때마다 돈벼락이나 맞았으면 좋겠다고 말했다. 항상 로또 당첨을 꿈꿨다. 불로소득의 맛 한번 보고 싶다고! 누구나 한 번쯤 해봤을 행복한 상상을 나만 안 하면 억울하지.

그런데 문득 아차 싶더라. **로또에 당첨되고 싶었는데 로또를 안 사고 있었던 나. 참 웃기는 여자네.** 당첨되길 그렇게 바라면서 어느 순간 로또 사는 게 귀찮아서, 까먹어서, 어차피 안 될 거 같아서 그냥 커피나 사 마셨다. 핑계도 정말 가지가지다. 목표를 정하고 그걸 이루고 싶다면 시도해야 하는데 잠시 잊었다.

도전과 성공은 한 세트다. 둘 중 하나만 있으면 서운한 짜장면과 짬뽕처럼. 그래서 세상은 공평하게 짬짜면이라는 것을 만들었지. 역시 사람은 행복의 빈 칸 몇 개가 비워져 있어야 머리가 잘 돌아간다.

소화 잘되는
죽 같은 인생

좋아하는 일을 직업으로 삼은 사람은 남들보다 행복할 거라고 믿는다. 다들 먹고살기 위해 일을 할 뿐이라면서. 누가 한 말인지 아시는 분? 너무 많은 이들이 언급했던 터라 출처를 찾을 순 없지만 그 말에 한 표 투척하겠다. 다만 한 가지 공통점은 직업을 즐기는 사람이든 아닌 사람이든 돈을 벌기 위해 일한다는 것이다.

돈이 너무 많아서 소일거리 삼아 일한다고 해도 인정 못한다. 어쨌든 돈을 받는 건 마찬가지니까. 봉사활동이라면 인정이다. 물론 내 주변엔 돈이 넘쳐서 취미로 일하는 사람은 없지만. 그럼 제가 그 1호가 되겠습니다. 진심이 담긴 제 마음의 소리입니다.

하지만 직업을 즐기는 사람도 할 말이 있을 것이다. 즐기는 건 즐기는 거고 돈을 벌어야 먹고살 것 아니냐면서. 먹고사는 일을 누가 이리도 귀찮지만 소중하게 만들었는지 나 원 참.

말이 안 되는 세상이 말이 되는 것처럼 굴러가니 견디기 힘든 사람들이 생겨난다. 불합리하고 불공평하다고 느끼는 사람들 말이다. 그래서일까? 청춘 드라마에는 빠지지 않고 이런 대사가 등장한다.

(두 주먹을 불끈 쥐며 소리친다)

"세상은 불공평해!"

내가 엄마 배 속에 있을 때부터 20대 중반까지 부모님은 끊임없이 일을 하셨다. 어마어마한 맞벌이 부부다. 그런데 그 부부의 자식이 왜 하필 나였을까?

비 오는 날 마중 나와 있는 남의 부모님. 깜빡한 준비물을 가져다주는 남의 부모님. 졸업식에 오시는 남의 부모님. 남의 부모님들 모습을 그렇게 봤다. 해보지 못해서 더 기억에 남는 것일 수도 있다. 섭섭한 것들이 쌓일 때마다 상상을 했다. 상상 속의 나는 항상 공주 옷을 입고 부모님의 관심을 독차지하는 막내딸이다.

모두가 아들이라길래 내심 기대하셨을 텐데 내가 뿅하고 태어났다. 하필 머리카락도 네 살까지 자라지 않았다. 그래서인 미리 얻어놓았다던 남자아이 옷이 그렇게 찰떡일 수가 없더라. 몇 장 없는 어릴 적 사진에서 그런 내 모습을 다 봤다. 난 지금도 대기업에 다니는 엄마 친구 딸이 부럽지가 않은데, 공주 옷 입은 어린 아이들은 조금 부럽다.

세상은 불공평하지 않다. 청춘 드라마는 드라마일 뿐이다. 나는 내가 원하는 대로 상상하면서 하고 싶었던 것들을 거의 다 이뤘던 것 같다. 어릴 적 부모님의 부재 덕분에 생각하는 대로 이뤄진다는 것을 일찍 깨달았다. 꿈꾸면 된다는 것을 알았다. 이왕 이렇게 된 김에 제2의 여자 대통령을 꿈꿔볼까? 아니다. 정말 이뤄질 것 같으니 그 꿈은 아껴놔야겠다.

내가 떠드는 말이 거짓말 같지만 거짓말이 아니었으면 좋겠다고 생각한 사람 손! 아무도 안 들 것 같아서 일단 내가 들었다. 어쩌면 시련을 시련으로 받아들이지 않고, 실패를 실패로 받아들이지 않는 이상함이 지금의 나를 만든 듯싶다. 아니다, 지금부터 '특별함'이라고 부르겠다.

이건 무슨 수상소감 같아서 머쓱하네. 기록될 만한 업적 하나 없지만 수상소감 같은 말은 한 번쯤 떠들어보고 싶었다.

초등학교 다닐 때 학교 숙제 중 애벌레를 키워 나비로 성장시키는 것이 있었다. 선생님 말이 떨어지기가 무섭게 다음 날부터 문방구에는 애벌레 상자가 깔렸다. 문방구 사장님 딸이 학교 선생님이라는 합리적 의심이 드는 대목이다.

1인 1애벌레를 위해 친구들과 상자를 하나씩 골라 학교 사물함 위에 놓고 쉬는 시간마다 관찰했다. 매일 관찰일기를 써서 검사받아야 한다는 것 때문에 시작된 일이다. 하지만 나비가 애벌레로 변하는 순간이 진짜 궁금하기도 했다.

하나 둘… 친구들 애벌레는 나비로 변했지만 내 애벌레는 끝내 날지 못했다. '처음부터 약한 애벌레를 골랐나? 내가 잘 못 키웠나?' 그런 생각은 하지 않았다. 그냥 애벌레를 키웠던 사실 자체를 기억에서 지웠다. 그럼 내 머릿속에서 실패한 기억은 없어진다. 그렇게 해서 언제나 목표달성에 성공한 기억들만 남았다. 실패 없는 100점 짜리 인생. 이게 나를 위로하는 방법이다.

이런 특별함이 지금까지 계속되면서 정말 소화 잘되는 죽 같은 인생을 살아왔다. 인생은 멀리서 보면 희극이라고 했던가. 그런데 실제로 보면 더 희극이다. 모두가 원하는 걸 다 이룰 수 있는 세상이 됐으면 좋겠다. 더 중요한 건 특별한 꿈이 없어도 이상하게 평가하지 않는 그런 세상이 되는 것! 목표가 없어도 행복하면 장땡인 우리의 인생을 위해 오늘도 달리고 있다.

목표를 정해서 달리면 얼마나 좋겠냐마는 사실 목표 없이도 달릴 수 있긴 하다. 달리는 과정에서 어떤 마음을 먹느냐가 중도 포기할 것인가, 말 것인가를 가를 뿐이다. 달리면서 목표가 생길 수도 있는 법이다.

나는 항상 어떤 일이 닥치면 생각보다 행동이 앞섰다. 깊이 생각하는 건 체질에 맞지 않았다. 초등학생 때 의무적으로 해주는 아이큐 검사에서 두 자릿수가 나왔다. 본능적으로 낮은 점수란 걸 알았는지 부끄러워 아무한테도 말하지 않았다.

하지만 나에겐 아이큐보다 더 중요한 것이 있다. 아니 있을 것이다. 지금도 그걸 찾는 과정이니까.

N

시련 먹지 않습니다.
실패 먹지 않습니다.

소화 잘되는 죽 같은 인생

정답 같은 건 모르지만
멈추지는 않을 거야

추운 겨울 야근을 마치고 지하철을 탔다. 환승하기 위해 이동하다 언니의 전화를 받았다. 6년여를 함께했던 강아지가 산책 중 심장마비로 방금 떠났다고 했다. 유기견이었던 멍이는 노화로 약해진 심장 때문에 약을 먹고 있었다. 눈을 못 감고 무지개다리를 건넜다고 해서 빨리 내 얼굴을 보여주고 싶었다.

지하철 의자에 앉아 서럽게 우는 나를 아무도 쳐다보지 않았다. 나중에 생각해보니 일부러 못 본 척을 해준 것 같다. 멍이가 있는 동물병원에 빨리 가야겠다는 생각뿐이었다. 목표가 있었다.

빨리 멍이한테 가야 한다는 목표. 수의사 선생님이 눈을 감기려 해도 안 감긴다고 했었는데, 내가 직접 눈을 감겨주었다.

그때 알게 됐다. 목표가 있으면 모든 감각이 그 목표를 향해 움직인다는 것을.

그즈음부터 조금씩 바뀐 것 같다. 물 흐르듯 살아온 하루하루 사소한 것이지만 목표를 정해서 실천해봤다. 은근 성취하는 재미가 있더라. 물론 거창한 꿈 같은 건 없다. 그림의 떡도 욕심내지 않는다. 그저 삶의 활력을 일으킬 만한 소소한 목표들이었다. 지금 목표는 책 한 권을 써보는 것이다. 시작한 지 며칠 안 됐어요. 도와주세요. 아무 신이나 제발!

다만 예전부터 목표로 삼지 않는 것이 한 가지 있다. 행복하게 사는 것. 누구나 행복하게 살고 싶겠지만 행복을 좇지 않는다. 너무 식상한 말인가? 대신 불행하지만 않으면 된다. 오늘 하루가 평범했다면 더 좋다. 행복을 의식하지 않고 그냥 이대로 멈춰 있어도 좋을 듯싶다. 숨 쉬는 걸 의식하면 숨 쉬는 게 어색해지듯이 행복함에 어색해지고 싶지 않다.

시간이 흐르면서 놓치게 되는 것들에 대해 담담해지려고 허벅지를 찌르던 때도 있었다. 나보다 더 어른인 사람들이 '잃으면 얻는 게 있다'는 말들을 했다. 그런데 이 말은 반만 맞는 것 같다. 내 눈앞에 있던 케이크가 엎어졌다. 나중에 더 비싼 음식을 사준다고 해도 그때 그 케이크는 아니지 않는가 말이다. 이 와중에 왜 자꾸 먹을 거랑 연결 짓게 되는 거냐고! 식욕은 못 숨기겠다.

사실 하기 싫은 건 쉽게 포기하는 편이다. 그럴 때마다 노력해보지도 않고 포기한다고 핀잔도 많이 들었다. 반대로 하고 싶은 건 어떻게 해서든 해내는 경우가 많다. 지금 이 글을 쓰는 것도, 유튜브를 하는 것도 그렇다. 누가 시키지 않았다. 쓰다가 쓰기 싫으면 관두면 될 일이다. 그런데 이렇게 붙잡고 있는 건 쓰고 싶어서다. 그때나 지금이나 나는 그냥 이렇게 살고 있다.

정답 같은 건 모르지만 멈추지는 않으려 한다.

다양한 분야에서 성공한 사람들의 인터뷰를 읽어보면 인생을 바꿀 만한 놀라운 에피소드가 등장한다. 한 번쯤 이런 생각을 했다. 내 인생의 특별한 에피소드가 없어서 누구나 알아줄 만한 성공을 못 한 건가? 왜 하나같이 드라마틱하고 구구절절한 에피소드들이 가득한 거지?

질 수 없다. 뭐든 쥐어 짜내보려 하지만 누구나 고개를 끄덕일 만한 대단한 것은 나오지 않았다. 눈감아줄 테니 거짓말로 얘기

해보라고 해도 떠오르질 않는다. 거짓말도 머리가 좋아야 하나 보다. 그래, 나한텐 그냥 나 같은 삶이 어울린다. 그때나 지금이나 멈추지 않을 뿐이다. 답을 찾는 것도 내 적성에는 맞지 않다.

인생의 답 하나 못 찾는다고 큰일 나지 않는다. "그럼 넌 대체 어떻게 살아갈 건데?"라는 질문은 반사. 그냥 살아지고 있는 겁니다. 시간이 지나면 자연스럽게 계절이 바뀌는 것처럼.

사계절이 뚜렷한 우리나라. 계절 사이마다 날씨가 변할 것 같다는 신호가 찾아온다. 계절은 항상 친절하게도 다음 계절의 맛을 미리 알려준다. 그런데도 난 적응하는 데 시간이 필요하다. 어릴 적에는 계절에 적응한다는 개념조차 없었는데 말이지. 특히 신체 반응이 못 따라간다고 해야 하나?

내가 지금 이런 고민을 할 나이가 됐다니. 나이 먹어서 그런 게 아니라 외로워서 그런 거라는 핑계를 대고 있다. 그래도 새 계절이 올 때마다 설레는 마음은 변하지 않았다. 봄은 갑자기 사랑이 찾아올 거 같아서 설레고, 여름은 갑자기 사랑이 찾아올 거 같아서 설레고, 가을은 갑자기 사랑이… 자, 다음 계절 빨리 오세요.

방구석
짜장면

가사가 좋은 노래가 좋다. 내 마음은 언제나 최신 아이돌의 내적 댄스에 시달리지만 현실은 불가능. 좋아하는 노래를 하나 콕 짚기도 어렵다. 내 마음 따라 좋아하는 노래도 매번 바뀌니까. 변덕이 심한 만큼 하루에도 플레이리스트가 수십 번씩 바뀐다. 오늘은 기분이 멜랑꼴랑하니까 너로 정했다. 이럴 땐 또 짜장면 시켜놓고 음악 들으며 원샷을 해줘야 한다.

어릴 적부터 살던 우리 동네가 너무 싫어서 벗어나고만 싶었는데 이제야 깨달았다. 24시간 배달되는 중국집이 동네에 있으려면 3대가 덕을 쌓아야 한다는 걸. 같은 짜장면이라도 왜 오밤중에 먹는 게 더 맛있는지 모르겠다. 밤에는 '모든 감각이 예민해져서 그런가'라는 이상한 헛소리할 시간에 얼른 배달이나 시키는 게 뼈가 되고 살이 되는 길이다.

며칠 전에도 부모님 몰래 시켰는데 이번에 또 이러네. 이 정도 난관은 아무것도 아니다. **나를 키운 건 팔 할이 짜장면이다. 짜장면 한 그릇, 소주 한 병에 극복.** "짜장면은 소화가 안 된다."는 말이 내 입에서 나오기 전까지는 존버하는 거다. 와, 그런데 문득 무서워졌다. 10년 후에도 방구석에서 이러고 있는 거 아니야?

나이를 먹는다는 건 무엇일까? 알고 보면 다들 어른인 척하는 어린아이들일뿐인데 말이지. 나는 분명 여든 살이 훌쩍 넘은 우리 외할머니한테서도 어린아이의 얼굴을 봤다. 우리 부모님은 말해 뭐해. 사회적 지위 때문에 다들 밖에서만 어른인 척하는 거 안다.

나도 다 들었다. 예순 살 먹은 예전 회사 대표이사님이 아침마다 전화로 영어 회화를 하면서 '회사 다니기 싫다, 일이 어렵다'라고 하는 걸 말이다. 어? 나 영어 못하는데 이건 어떻게 알아들었는지 모르겠다.

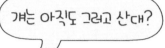

걔는 아직도 그러고 산대?

시집도 못 가고
회사도 변변치 않더라.

출발 신호가 울려도
난 너희들 따라 전속력으로 뛰진 않을 거야.
내 콘셉트는 갈팡질팡할지라도
멈추지 않고 달리는 어린아이니까.

지인들이 별로 없어서인지 나이 들었다는 걸 잘 느끼지 못한다. 어쩌다 만들어진 모임에 나갔는데 내가 가장 나이가 많으면 그제야 큰언니로서 책임감이 생긴다. 어차피 나이 든다는 건 상대적인 것 같다. 노인정에서는 예순 살 할머니도 막내 노릇 톡톡히 하는 게 인생사다.

무릎 윗살이 처지고, 상처가 잘 아물지 않고, 머리카락이 가늘어지는 등의 노화 증상만 빼면 나이 먹는 것도 그리 나쁘진 않다. 왜냐하면 나는 20대보다 30대인 지금이 조금 더 예뻐졌기 때문이다. 성숙미 무시하지 말란 말이다, 어린 것들아! 나이 드는 거 서럽지 않다면서 잠시 이성을 잃었다.

우리 사회는 나이 든다는 걸 인정해주지만 그 대가도 혹독하다. 나이에 맞지 않는 길을 걷는 이들에게는 냉혹할 정도로 얄짤이 없다. 20대 시절엔 어느 회사를 가나 막내였다. 그때 내 눈에 비친 부장님, 팀장님들은 뭐든 다 해낼 수 있는 힘을 지닌 것처럼 보였다. 무너지지 않기 위해 버티는 힘, 누군가 치고 올라오지 못하도록 막는 힘.

16년 넘게 회사를 다녔지만 나는 주임 이상의 직위에 오른 적이 없는 만년 사원이었다. 그래서 나에겐 책임질 일이 없었고, **마음이 즐거웠고, 대신 월급도 가벼웠다. 대가도 버티는 자의 것이다.** 인

정받길 원하지 않는 대신 대가도 바라지 않았다.

친하지 않아서 별로 궁금하지도 않은 동창들의 이야기가 가끔 들린다. 건너 들은 이야기론 누구는 이번에 승진했고, 또 누구는 결혼했고, 또 누구는 사업에 성공했다고 한다. 곧 불혹인데 이런 이야기들이 들리는 게 특별하지 않다. 망했다는 이야기가 전해지는 것보다는 낫지 않나. 그렇다면 내 이야기도 누군가의 귀에 들어간다는 것인데, 나는 다른 이들 입에서 어떻게 표현되고 어떻게 평가되고 있을지 살짝 궁금하다.

"걔는 아직도 그러고 산대."

"시집도 못 가고 회사도 변변치 않더라."

혹시 나를 두고 이런 이야기들을 하고 있을까? 하하하. 다 맞는 말이라서 반박 불가다.

나만 이렇게 속 편하게 살고 있는 건가? 불현듯 이런 생각이 들지만 무한 긍정회로는 쉬지도 않는다. 이러면 어떻고 저러면 어떤가 싶다. 친구들 이야기를 듣고도 한 귀로 흘려버리듯이 관심 분야가 아니면 기억에 잘 남지 않는다. 생각보다 남들은 나에게 관심이 없다고 하는데, 동창들도 마찬가지다.

나는 아직도 나를 어린아이라고 생각한다. 무슨 X소리냐고 할지도 모르겠다. 드라마나 영화, 예능까지도 철저한 각본에 의해 움직인다. 화면 안에 있는 사람들보다 화면 밖의 사람들이 몇 배는 더 많이 움직인다. 리얼리티 예능이라고 해도 기본적인 콘셉트는 있다.

이렇게 기본적인 것만 정해놔도 살아가는 데 있어 좀 더 틀이 잡힌다고 해야 하나. 옛날부터 **내 콘셉트는 갈팡질팡할지라도 멈추지 않고 달리는 어린아이였다. 평생 달려도 답을 못 찾을 수 있기에 내 인생에 답 따위는 만들지 않았다.** 그래서 그런지 '동안'이라는 말도 참 많이 듣는다. 자랑 맞다.

드라마 주인공들의 인터뷰를 보면 그 배역에서 빠져나오지 못해 한동안 힘들었다는 이야기가 많다. 그것처럼 내 콘셉트를 정하고 그렇게 살아가면 난 정말 그런 사람이 되는 거다. 그렇다고 거창한 걸 바라는 게 아니지 않나. 재산 3조의 재벌 3세 같은 허황된 콘셉트는 내가 봐도 아니올시다입니다. 그래서 난 오늘도 방구석에서 **부모님 몰래 또 짜장면을 시켜서 혼술을 하고 있다. 캬, 그래 이 맛이지.**

소화
다 됐나요?

어릴 적부터 나는 놀부 아저씨 편이었다. 책임지지도 못할 자식들을 줄줄이 낳아놓고 쩔쩔매는 흥부의 모습을 보고 있노라면 그렇게 답답할 수가 없었다. 흥부는 자기 집안일은 안 하고 남의 일에만 발 벗고 나섰다. 흥부는 놀부에게 가족이 아니라 골칫덩어리였다. 남보다도 못한 사람이었다.

　나 같아도 정신 똑바로 차리고 살라며 내쫓았을 거다. 그래서인지 놀부랑 놀부 마누라가 이해됐다. 그런데 왜 이런 생각을 했는지 모르겠다. 본능이었던 걸까? 아직 사회성이 발달하기 전인

유치원생 때 내가 느끼는 감정들을 지금 떠올려보면 깜짝 놀라곤 한다. 지금은 수많은 교육을 받고 그나마 사람다워졌으니 망정이지 안 그랬으면 평생 놀부처럼 행동했을지도 모르겠다.

지금의 나는 유치원생 시절보다는 배운 게 많아서 나름 눈치도 보고 착한 척도 하며 산다. 그렇다고 불편하진 않다. 어차피 만날 사람도 별로 없으니까. 하하. 몇 년 전부터 조카 덕분에 동화책을 다시 접했는데 지금 봐도 참 재밌더라. 다시 한번 깨달았다. 역시 내 수준에는 장편 소설책보다 몇 장 안 되는, 글씨가 아주 큰 동화책이 딱이라는걸.

사회생활을 시작하면서 다양한 종류의 사람들을 만났다. 대학생 때 낯선 지역에서 낯선 친구들을 만났던 것과는 비교가 안 되더라. 학생 때는 겪어보지 못했던 그런 유형의 사람들. 이 구역의 미친X가 되어야 하는가, 마는가의 기로에 선 아주 중요한 순간이었다. 사회로 던져진다는 느낌이 이런 걸까? 누구나 겪었을 법한 신입 시절의 모습일 테지만 그 당시의 나는 정말 죽을 맛이었다.

스쳐간 회사가 많아 스쳐간 사람들도 많았다. 처음 맞아보는 파도에 이리저리 도망 다녔다. 3개월가량의 월급을 못 받은 일도 있었고 이간질을 당하기도 했다. 가슴 한쪽에 숨겨놨던 놀부 심보가 스멀스멀 올라왔다. **쇠는 계속 때려줘야 작품이 된다는데 왜**

사람은 성질만 더러워지냐고요. 그래, 결심했어! 숨겨놨던 나의 소중한 놀부를 꺼냈다.

이 나이 먹도록 부모님 집에 얹혀살면 가장 빨리 습득하는 게 눈치다. 보지 않고도 느낄 수 있다. 오감이 아주 예민해진다. 발소리 하나 방문 소리 하나에도 누구인지, 어떤 상황인지 구별할 수 있다. 훈련이 아주 잘 된 셰퍼드처럼.

눈은 모니터를 향하고 타자 소리만 들리는 공간이지만 이미 모든 상황은 내 머릿속에 그려지고 있다. 요령을 터득한 것이다. 직원들끼리의 이간질도, 그 어떤 싸움에도 나는 참여하지 않았다. 그저 관전자의 자리를 지켰다. 아, 내가 이러려고 눈칫밥을 먹었구나. 맛있네.

놀부는 못된 게 아니라 흥부한테 요령을 알려준 것이다. 다만 흥부가 운이 좋아 박씨를 받았던 것일 뿐. 운도 실력이라 했는데 결국 흥부도 인생에서 한 방을 해냈던 거였네.

'될놈될', '안될안'이라는 줄임말이 있다. '될 놈은 뭘 해도 된다'와 '안 될 놈은 뭘 해도 안 된다'는 뜻이다. 요즘 뭔 줄임말이 이렇게 많은지… 젊은이들과 어울리기 위해서라도 열심히 공부하는 중이다. 사실 한때 나도 '될놈될'이라고 생각하면서 스스로를 위로했다. 그 어떤 상황에 맞닥뜨려도 어차피 이겨내고 성공할 거라고. 하지만 눈칫밥도 소화시키는 자의 것이다. 잘못 먹다간 체해서 검은 피를 봐야 한다.

나는 원래 아침형 인간이었는데 요즘은 유독 늦게 잠든다. 그렇다고 오후가 돼서 일어나지는 않는다. 평소보다 한두 시간 더 늦게 일어날 뿐. 같은 시간을 자도 늦게 잠자리에 드는 게 왜 더 피곤한지 모르겠다. 어릴 적부터 아버지가 늦잠을 못 자게 했기 때문일까?

아직도 기억에 남는다. 초등학생 때부터 아버지는 주말에 늦잠 자는 언니와 나를 깨워서 약수를 받으러 가자고 하셨다. 사실 너무 화가 났지만 초등학생이 무슨 힘이 있나요. 졸린 눈으로 온갖 짜증을 내며 약수를 떠오곤 했다. 다행히 나는 평균 키를 넘는데 안타깝게 언니는 그러지 못했다. 늦잠을 못 자게 한 아버지 탓이라는 건 아니다.

어릴 적부터 이런 루틴이 몸에 배어 있어서인지 늦잠을 자면 죄책감이 든다. 지금은 출근해야 하는 것도 아닌데 왜 일찍 일어나는 건지 모르겠다. 요즘 패턴은 이렇다. 일찍 일어나봤자 이불 정리하고, 음악 듣고, 대충 청소하고, 가끔 운동하러 가고…. 정말 별거 없는 일상을 보낸다.

　내 몸에는 늦잠을 불신하는 유전자가 들어있는 게 분명하다. 몇 달 전 삼사일 정도 월드컵 경기를 보느라 늦게 일어났는데 정말 피곤했다. 단 한 가지, 내가 소화시키지 못하는 건 늦잠이다. 이놈의 늦잠, 언제 한번 편하게 자보나.

돌연변이도
구르는 재주가 있다

나이를 한 살씩 먹을 때마다 해야 할 일도, 책임질 일도 많아진다. 거기에 결혼이나 출산이라는 마법에라도 걸리면 어마어마하겠지? 경험이 없어서 선뜻 짐작할 순 없지만 지금의 내가 감당하는 것보다 모든 게 훨씬 더 빡세질 거다.

대개 나이대가 전해주는 당연한 사건들이 있다. 10대에는 공부하고, 20대에는 연애하고, 30대에는 결혼해서 출산하고, 40대에는 블라블라. 나이가 주는 이런 이미지들은 누가 만든 걸까? 인간은 AI처럼 정확한 코드로 움직이지 않는다. 하지만 우리 부모님, 아니 보통의 부모님들이 원하는 건 AI 같은 획일화되고 평범한 삶이다.

요즘은 부모님이 코드를 제대로 입력해줘도 미션에 성공하는 자식들이 드물다. 돌연변이들이 넘쳐나는 세상. 정말 나이는 숫자에 불과할 뿐이다. **과거엔 돌연변이들이 손가락질을 받았다면 이젠 박수받는 일이 많아졌다.** 언론 매체에서는 돌연변이들을 찾아서 주인공으로 모신다. 소위 말해 잘 팔리는 상품인 것이다. 가장 중요한 건 재미다.

20대 중반에 연락이 끊겼던, 가장 친했던 친구를 10년이 지나 우연히 마주쳤다. 마스크를 투시라도 한 건지 날 먼저 알아봐줬다. 대표 마기꾼 중 한 명인 나인데, 역시 오래된 친구가 다르긴 다르다. 그 친구랑은 전학 간 초등학교에서 처음 만나 고등학교까지 같이 다녔다.

30대 후반에 만난 친구는 그대로였다. 돌연변이 그대로. 서로 같은 종족이라 친하게 지냈나 보다. 아니 객관적으로 말하자면 그 친구는 강남에서 좋은 회사에 다니고 직책까지 있으니 잘나가는 돌연변이가 됐다. 20대 중반까지만 해도 백수였던 친구인데 어느새 따뜻한 도시 여자가 되어 있었다.

돌연변이도 구르는 재주가 있어서 다행이야.

오늘 내가
이 한 뼘을 나아가기 위해
얼마나 노력을 했는지….

다소 느리지만 나아가고 있다.

돌연변이도 구르는 재주가 있다니 내가 다 행복했다. 사실은 친구가 남친도 없고, 결혼도 안 했고, 독립도 안 했단 사실에 소리를 질렀다. 친구의 불행이 나의 행복이라는 게 아니다. 친구의 행복이 나의 행복이다. 친구는 행복해 보였다. 우린 만나자마자 생떼를 부렸던 초딩으로 돌아갔다. 10년간의 공백이 없었던 것처럼.

돌연변이가 박수를 받는다니 얼마나 꿈꿔왔던 순간인가! 우리 집에서는 항상 나만 특이한 인간으로 취급당해왔다. 가족들은 그런 내가 창피하단다. 그런데 이제는 그런 생각이 완전히 뒤집힐 것 같은 느낌이 든다. 특이함이 특별함으로 인식될 것이다. 거시적으로 보자. 우리 문명의 발달이 다 무엇 때문에 이뤄졌던가. 너무 깊이 들어갔나?

기다려주기에 대해 생각해보곤 한다. 말은 쉬운데 행동으로 하는 건 왜 이렇게 어려울까? 한국인이라면 누구에게나 존재하는 빨리빨리 유전자 탓이다. 이 고리를 끊는 법을 발견하는 사람은 3대가 돈방석에 앉을 것 같다.

부모님한테 잔소리를 들은 날이면 항상 외치는 말이었다. 조금 기다려 달라고. 그럼에도 부모님과의 의견은 쉽사리 좁혀지지 않았다. 자꾸 재촉하면 마음이 급해지게 마련이다. 그래서 좀 더 서두르고 싶어진다. 빨리 결과를 보고 싶어 하지 않는 사람은 없을 텐데. 그것도 성공적인 결과를 말이다.

　　다소 느리지만 오늘도 나아가고 있다. 내가 남들을 잘 모르듯 남들도 나를 잘 모르겠지. 오늘 내가 이 한 뼘을 나아가기 위해 얼마나 노력했는지. 누구에게는 겨우 한 뼘일지라도.

취미는
혼술

부모님의 눈빛이 심상치 않다. 성인이 되고부터 즐기던 취미인데 요즘 들어 날 보는 눈빛이 매콤해진 이유가 뭘까? 달라진 거라곤 지금 내가 '구직 중'이라는 것뿐이다. 이 단어 하나로 고개를 끄덕이는 당신. 하지만 순순히 인정할 수 없는 법. 몇 년을 힘껏 달리다 잠시 쉬는 시간일 뿐이다.

초코바도 까먹고, 꾸벅 졸기도 하고, 힐링 타임 즐기는 중이니 아무도 말 걸지 마시오. 물 수도 있음! 물론 과거의 나 역시 몇 번의 쉬는 시간을 가졌지만 그땐 이런 기분이 들지 않았다. 맞다, 예전과 지금 달라진 점이 하나 더 있구나. 이놈의 나이.

"내 나이가 어때서 사랑하기 딱 좋은 나인데."라는 노래가 왜 안 나오나 했다. 이 노래 가사야말로 피가 되고 살이 되고 주름이 되고! 옛헴, 사랑이란 단어 안에 들어 있는 뜻이 꼭 사랑만이 아님을 다들 알고 있지 않나. 나이 상관없이 원하는 그 무언가를 모두 이룰 수 있다는 뜻이 담겨 있다는 걸 말이다.

부모님도 모르지 않으실 텐데 알면서도 애가 타는 게 부모 마음인가? 내가 자식을 낳아봤어야 부모 마음을 알지요. 어쩌면 죽을 때까지 모를 수도 있을 것 같다.

때론 말 한마디보다 눈빛 한번이 더 강력한 메시지로 다가오기도 한다. 사실 부모님 중 그 누구도 나에게 직접 말을 하진 않으셨다. 한마디로 도둑이 제 발 저린 격이다. 정말 심각하다 싶을 때는 오히려 아무 말씀도 안 하시더라. 덕분에(?) 오늘도 난 조용히 취업 사이트만 뒤적뒤적.

내가 진득하게 뭘 해본 적이 있던가? 이번에도 급한 불 먼저 꺼보려 한다. 남들 시선 따위는 자신 있게 신경 안 쓴다고 말할 수 있는 편이다. 하지만 부모님에게 얹혀사는 이상 눈치를 안 볼 수가 없다. 지금까지 해본 적 없는 분야의 일에 지원하는 이력서를 넣어버렸다.

내 마음을 흔들었던 건 '나이 무관', '경력 무관'이란 조건들이다. 이런 곳이 있다니 신은 날 버리지 않았다. 계약직이라는 점도 훌륭했다. 끝을 알고 있으니 더 열심히 다니게 될 것 같은 느낌. 이것이 바로 생각의 전환이다. 부모님이 알면 울화통 터지는 일이겠지만… 이하 생략.

나는 태세 전환의 산 증인이다. 운이 좋아 계약직으로 방송국에 다니게 됐다. 그때부터였을까? 아버지가 유독 그 채널만 틀어놓으셨다. **계약직 중에서도 파견 계약직인데 이렇게 좋아하시면 방구석에서 당당히 배달 좀 시키겠습니다.**

방구석에서 라면 냄새를 풍겨도, 짜장면 냄새를 풍겨도 나는 무념무상이다. 이것이 인생의 맛이구나. 무언가를 배우고 즐기고 몸을 단련시키는 취미만 취미로 대우받는 세상, 이 노처녀가 바꾸겠습니다.

혼술이야말로 나를 더 채찍질해주고, 무언가에서 해방시켜주며, 꿈꿀 수 있게 해준다. 물론 술맛을 아는 진정한 주당이라고 부를 순 없다. 술만큼이나 안주도 공평하게 좋아한다. 아니 사실 안주가 더 좋다. **이 비쩍 마른 몸땡이로 안주발을 세우고 있노라면 연비 안**

좋은 고급 외제차가 된 기분이다. 운전면허도 없는 주제에 오늘은 마세라티가 되어 달릴 거다.

　그 무엇이든 첫 경험이 좋으면 그 이미지가 계속 좋게 기억나듯 술에 대한 나의 첫 경험은 한마디로 시원했다. 대학생 시절 동기들, 선후배들과 처음 접한 술자리에서 긴장감이 사르르 풀리며 유쾌했다. 지금 생각하면 한껏 똥폼을 잡았던 선배들의 말과 행동이 우스꽝스럽지만 그땐 나도 호기심 가득한 똘망한 눈빛의 청년이었다. 특히 술자리에서는.
　어쩌면 고등학교 3학년에서 벗어났다는 해방감이 함께 뒤섞여 더 좋은 기억으로 남은 건지도 모르겠다. 누가 보면 아주 혹독한 고등학교 생활을 한 후 한숨 돌리는 것처럼 여겨질 수도 있겠군. 수능시험은 안 봤지만 그래도 주름 한 줄 잡아보고 싶었다.

　대학 생활 4년간 많은 술자리를 가졌지만 그래도 마음이 편한 건 역시 혼술이었다. 지금은 거의 혼술만 하다 보니 아주 가끔 생기는 왁자지껄한 술자리가 그립기도 하다. 하지만 대학생 때는 그 반대였다. 한참 놀러 다니다가 갑자기 찾아오는 혼자만의 시간. 그때야 비로소 알코올의 참맛이 느껴졌다고나 할까. 내 마음처럼 좁아터진 방구석에서 거창한 상은 필요 없다. 손바닥만 한

쟁반이라도 감사합니다. 어차피 저도 손바닥 안 기생충인걸요.

원래 방구석에서 혼술할 땐 조용히 마시는 편이다. 도저히 믿지 못하겠다는 그 표정은 뭔가요? 하이텐션으로 24시간 살면 지금보다 더 피골이 상접할 것 같아서 일단 건강상 후퇴. 사실 부모님 때문에 강제 침묵을 즐겼더랬지. 유리잔 부딪히는 소리가 나지 않게, 병뚜껑 따는 소리가 들리지 않게.

미션 임파서블보다 더한 방구석 영화는 그렇게 조용히 시작됐다가 조용히 막을 내린다. 오늘은 또 몇 회차의 영화가 시작되려나. 이 말인즉슨 결국 혼술하러 간다는 말을 하기 위한 빌드업이었습니다.

운이 좋으면

새벽 1시쯤 됐으려나? 여자가 고래고래 소리를 질러서 잠에서 깼다. 창문을 열고 내려다보니 연기가 보이고, 소리치는 여자의 입 모양이 언뜻 '불이야'를 떠오르게 했다. 그런데 지금 연기가 나고 있는 집이 바로 우리 아래층이잖아. 이럴 수가!

"불이야, 불났어!"

잠에서 깬 부모님과 함께 계단으로 탈출했다. 이미 많은 동네 주민들이 나와서 추위에 떨고 있었다. 불은 30분 만에 꺼졌지만 바로 위층이었던 우리 집은 아주 난장판이 됐다. 아침 일찍 출근

해야 하는데 이를 어쩜담. 가족 모두 이런 경우는 처음이라 당황했다.

그렇게 형부네서 한 달을 보내게 됐다. 들고나온 거라곤 옷 두 벌과 속옷이 전부다. 급하게 짐을 챙겨야 하는 상황이 되니까 막상 필요한 게 아무것도 없더라. 당장 몇 시간 뒤에 닥칠 출근을 위해서 입을 옷만 챙겨서 나왔다.

이래서 사람들이 무소유, 무소유 하는구나. 정말 급박한 상황이 되니까 물건 따위 아무것도 필요가 없네? 작고 귀여운 월급을 모아 10년 전 처음으로 산 비싼 지갑 따위는 생각도 나지 않았다. 닳을까 봐 몇 번 들고 나가지도 않고 포장박스 그대로 모셔온 지갑이었다.

불이 난 곳 근처는 가기만 해도 화재 냄새 때문에 숨을 쉴 수가 없었다. 온 집안에 냄새가 배고 시커먼 잿더미들이 바닥 곳곳에 쌓였다. 인테리어를 다시 해야 한다더라. 그 와중에 엄마가 20년 전부터 들어놨던 화재보험이 '반짝'하고 고개를 내밀었다. 엄마 본인조차 잊고 있었던 보험이다.

아파트에서 드는 단체 화재보험은 아무 쓸모도 없다. 모두 개인 화재보험 들어놓으세요. 광고 아닙니다. 화재보험 덕분에 인테리어도 잘 진행됐고, 쇼핑 지름신은 한번도 찾아오지 않았다. 어차피 큰일 생기면 다 쓰레기가 될 운명일 테니. 이건 운이 나빴다고 해야 하는 걸까, 좋았다고 해야 하는 걸까.

사실 운이 좋을 때보다 안 좋을 때가 많았다. 그럴 때마다 그 사건에 대해 합리화를 하곤 했다. 이건 이래서 이럴 수밖에 없었던 거야. 그나마 '난 운이 좋아서 이 정도였지'라고. 그래서 나의 뇌는 나를 운이 좋은 사람이라고 인식하고 있다. 뇌 속이기가 이렇게 쉽다니.

동창 중에 나름 이름 있는 회사에 들어가서 자리도 잡고, 연애도 열심히 하면서 바쁘게 사는 친구가 있다. 그런데 SNS에 올라오는 글을 보면 매번 우울하다는 말밖에 없다. 동창 몇 명과 어쩌다 모임을 할 때면 이 친구도 나오는데 표정도 말투도 항상 우울함에 사로잡혀 있다.

힘든 일이 있느냐고 물어보면 그냥 다 힘들다고 한다. 회사도 힘들고, 남친도 힘들고, 다 힘들단다. 그런 너를 보는 나도 힘들다, 이것아! 감정은 전염된다고 했던가. 어느 순간부터 그 친구와 만나는 모임을 꺼리게 됐고 SNS도 끊었다.

남의 행동을 보면서 스스로를 점검해보게 되는 경우가 종종 있다. 누군가에게 내 우울함을 전파한 적이 있었나? 흐릿한 기억을

헤집어본다. 마음먹은 게 행동으로, 눈빛으로 나타나듯 **난 늘 행**
복하고 운이 좋은 사람이라는 주문을 외운다. 그렇게 해도 잘 안 되
는 게 인생사인데 우울함에 사로잡혀 망가지기는 싫다.

　새해 기념으로 사주를 보러 간 적이 있다. 관심은 오직 연애 운,
결혼 운이었다. 가지지 못한 것에 대한 그리움이라고나 할까. 누
구는 쉽게 연애하고 결혼까지 하는 것 같은데 그 쉬운 걸 왜 난
하지 못했을까? 서른 살이 되던 해 첫날, 갑자기 궁금해졌다. 나
이 앞자리가 바뀌는 건 몸무게 앞자리가 바뀌는 것만큼 정신적으
로 큰 충격을 준다.

　사주를 무조건 믿지는 않지만 오죽 답답했으면 보러 갔을까.
하필 처음 간 곳에서 결혼이 어려운 팔자라고 했다. 그래서 다른 곳에
갔다. 아마 "결혼을 할 수 있다."라는 말을 들을 때까지 찾아다녔을
거다. 다행히 두 번째 집에서는 결혼 그까짓 거 운이 좋으면 가능
하다고 했다. 다만 아주 늦게 하라고 했다. 서로 양보하고 노력하
면 결혼생활도 잘 유지할 수 있다고.

　사주 때문이 아니더라도 결혼은 원래 양쪽이 다 노력해야 한
다. 원하는 답을 찾았으니 열심히 달리는 일만 남았다. **운이라는**
건 사람의 감정처럼 시시각각 변화한다. 그걸 잡는 사람이 장땡이다.

운명은 정해져 있지 않다. 같은 날에 태어난 사람이 얼마나 많은데. 나도 유명 남자 배우 지창욱과 생년월일이 같다. 그런데 이렇게 다른 삶을 살고 있는 것을 보면 운명은 만들어가는 게 맞다. 모두 같은 시간을 살고 있지만 누구는 억지로 끌려가고 누구는 선두에 서서 달려간다.

운동회에서 열리는 달리기 시합만 해도 중간에 추월하는 경우가 얼마나 많은가. 얼마 전 열린 카타르 월드컵 경기에서 9퍼센트의 확률을 뚫고 우리나라가 16강에 오른 것처럼. 골을 넣을 때마다 들린 함성, 층간소음이 그렇게 듣기 좋을 수가 없었다.

누구나 이번 생은 처음인데 정답을 알고 달리는 사람이 얼마나 있을까? 커피도 마시고, 가끔 주변도 둘러보면서 달리다 보면 마침내 웃고 있는 내가 보이겠지.

사주는 원래 원하는 답을 들을 때까지
찾아다니는 거 아닌가요?

선택의
모퉁이

청소년기부터였던 것 같다. 내 인생의 선택은 온전히 내 몫이었다. 전공을 정하는 것도 어느 대학에 지원할지도 부모님은 모든 걸 나에게 맡겼다. 기억이 나지 않는 어린 시절에는 어땠을까? 아마 아침 메뉴부터 부모님이 정하셨겠지.

그런데 왜 벅찬 거지. 내 인생 내가 책임지는 게 맞는데 말야. 학생 때는 선택의 순간들이 오면 서러웠다. 친구 누구의 부모님은 이렇게 하라고 해주신다는데, 왜 우리 부모님은 마냥 내버려두는 걸까? 오히려 부모님이 참견 좀 해줬으면 할 때가 있었다.

문제는 학생 때보다 지금 더 많이 참견하신다는 점이다. 이럴 거면 옛날에 몰아서 참견해주시지 그러셨어요. 다만 한 가지 노하우는 생겼다. 내 선택에 후회가 남더라도 그 잔상이 오래가지 않는 방법을 터득했다.

학생 시절 나는 공부에 취미가 없었다. 누가 공부를 취미로 하겠는가, 당연히 해야 하는 건데. 맞다, 그냥 공부를 못한 거다. 그렇다고 다른 쪽으로 두각을 나타내지도 않았다. 누구나 한 가지 능력은 준다는데 나만 아무것도 갖지 못한 것 같았다. 그렇다고 소위 날라리도 아니었다. 그냥 공부 못하고 존재감 없는 '쭈구리'라는 표현이 내겐 딱이었다.

그러다가 책을 좋아하고 글 쓰는 것을 좋아하는 언니를 따라다녔다. 원래 동생들은 언니가 하는 건 다 따라 하고, 다 갖고 싶어 하지 않나. 지금 생각해보면 언니가 껌을 씹지 않아서 얼마나 다행이었던지.

언니가 책을 다 읽으면 그걸 주워서 따라 읽었다. 그러다 보니 책 읽고 글 쓰는 데 재미를 느끼게 되었고 시도 지어봤다. 시간이 흘러 어느새 고등학생이 되었고, 입시 문제가 발등에 떨어졌지만 성적이 오르는 기적은 없었다.

모든 선택은 스스로 하고 거기 책임을 지는 거다. 그런데 나에겐 무언가 선택할 수 있는 기회가 없었다. 그러다 언니가 문학 특기생으로 대학교에 진학했고, 또다시 언니를 따라 하게 됐다. 공부를 못해도 대학에 들어갈 수 있는 방법이 있다니. 역시 신은 날 버리지 않았어.

나갈 수 있는 글짓기 대회란 대회는 다 나갔고 상도 몇 번 타면서 자신감이 붙었다. 사는 게 즐거웠다. 고등학생 주제에 사는 게 즐겁다고 느끼다니 얼마나 귀여웠을지 상상은 금지! 그렇게 문학 특기생 수시전형으로 대학교에 입학했다. 성적 하위권인 내가 수시 합격자 명단에 이름을 올렸다. 내가 먼저 말하지도 않았는데 교무실 칠판에 이미 내 이름이 적혀 있었다. 그때 담임 선생님의 눈빛을 잊지 못한다. 뭐랄까. 기출 변형된 문제처럼 좋은 의미로 뒤통수를 맞은 느낌이라고나 할까.

선택의 순간에 놓일 땐 어떻게 해야 할까 고민했지만 사실 내가 할 수 있는 건 별로 없었다. 시간에 맡기는 수밖에. 지금도 매 순간 선택을 해야 한다. 당장 저녁 메뉴를 골라야 하는데 떡튀순이 좋을지 짬짜면이 좋을지 정말 괴롭다. 하지만 5분만 지나 보면 머릿속에 딱 떠오른다. 더 먹고 싶은 음식이. 이 어려운 걸 또 내가 해내는구나.

망하면 어떡해.

망해도
그 선택이 망하는 거지,
내가 망하는 건 아니니까!

와우~ 겁나 심플!

가장 오래 다녔던 회사를 퇴사할 때도 정말 시간을 오래 끌었다. 도저히 그 어느 쪽도 선택할 수가 없었다. 퇴사 욕구는 출근 첫날부터 시작되다가 3개월, 6개월, 9개월 단위로 폭증한다는 게 학계의 정설이다. 4년 차가 되던 새해 비로소 용기가 생겼다. 그만둬야겠구나.

　퇴사하는 이유는 엄청나게 다양하거나 그리 대단하지 않다. 누구나 생각하는 그런저런 이유로 퇴사한다. 나 역시도 별거 아닌 걸로 퇴사 고민을 계속해왔고 용기를 내던 날 너무 기뻐서 정말이지 눈물이 났다. 연애를 끝냈을 때도 눈물 따위는 흘리지 않았는데 말이다.

　대책 없이 그만둔 게 문제였지만 그렇게 속이 후련할 수가 없더라. 애증의 회사와 연을 끊던 날 만세를 외치고 자유를 느꼈다. 정확히 아홉 시간 동안만. 다음 날부터 또다시 시작된 선택의 모퉁이에서 정신이 혼미했다. 잠시 쉴 것인가, 다시 달릴 것인가?

　멀티플레이가 안 되는 사람, 그게 바로 나다. 무엇이든 끝장을 보고 나서야 새로운 시작이 눈앞에 그려진다. 회사에 다니는 동안엔 절대 다음 단계로 나아가지 못했을 거다. 나도 드라마 주인공처럼 새끈하게 뒤통수 한번 때려보고 싶었는데. 그래도 지금

멀쩡히 살아가는 걸 보면 내가 했던 선택들이 그리 나쁘지 않았던 모양이다.

선택할 수 있는 예시가 다양했으면 내 인생도 조금은 달라졌을까? 부모를 선택해 태어날 수 있었다면 분명 누군가는 다산의 여왕이 됐을지도 모른다. 눈 떠보니 우리 엄마, 아빠가 우리 엄마, 아빠라니…. 효도하겠습니다. 선택한 것에 책임만 질 수 있다면 난 그 어떤 것에도 도전할 준비가 되어 있다.

망해도 그 선택이 망하는 거지, 내가 망하는 건 아니니까. 언제나 답은 내 마음속에 있다.

2차 pm 09:17

모두가 왼쪽으로 간다고?
그럼 난 오른쪽!

적당히 살고, 적당히 먹고, 적당히 힘들어하고 적당히 일하는 게
범죄가 아니라서 얼마나 다행인지 모른다.
남들과 조금 다를 뿐이다.
이렇게 사는 것도 능력이다.

답도 없는
인생

나에게 인생은 항상 물음표다. 신이 있다면 정말 물어보고 싶다.
왜 이렇게 끝도 없고 답도 없는 문제들을 던져주는 거냐고. 마치
물고기들에게 밥 던져주는 것마냥 주기적으로 퐁당! 물고기들에
게 밥 던져주는 일이야말로 쉽다. 한 입이라도 더 먹으려고 머리
싸움을 해야 하는 물고기들보다는.

　어찌 보면 답이 딱 나오는 수학은 정직한 과목이다. 학창 시절
수학에 매달렸어야 했는데 나는 국어만 좋아했다. 수학 하나만
잘해도 천재 소리를 듣는데 국어는 약간 애매하다. 물론 국어를

잘했다는 말은 당연히 아니다.

굵직한 사건들이 찾아올 때면 정답을 찾으려 한다. 그건 인간의 생존 본능이다. 물론 답이 있는 난이도 최하의 문제들도 있다. 사실 바로 작년까지만 해도 답을 찾기 위해 달렸던 것 같다. 뭘해야 하지? 뭘 먹어야 하지? 뭘 어떻게 해야 하지? 잘하고 있는건가? 머릿속은 물음표 투성이었다. 이럴 거면 차라리 논술이 나을 뻔했다. 무슨 말이 됐든 일단 쓰다 보면 무언가라도 이룬 느낌이 들 테니까.

그러다 '턱'하고 한계에 다다르면 놓게 된다. 놓고 싶어서 놓은게 아니다. 그런데 한번 놓으니까 그 후로는 뭐 어떤가 싶더라. 처음엔 '될 대로 되겠지'라는 심보였는데 시간이 지나니 자연스럽게 답이 필요 없게 됐다. 인생이 뭐냐고 묻는 질문에 준비된 답이 바로바로 나오는 사람이 있을까? 여든 살이 넘은 우리 외할머니도 아마 명확한 답을 하진 못하실 것 같다.

이미 누군가는 답을 찾았을지도 모른다. 혹시 나만 이렇게 앞뒤 꽉 막힌 느낌인 건가 싶어 불안할 때도 있었다. 하지만 **우리 모두 아주 잘 알고 있다. 인생에는 정답이 없다는 걸.** 진짜 답 없는 인생들이다. 이래서 인생은 재미있다고 수많은 사람이 외치고 있나 보다.

답도 없는 인생 재미라도 없으면 어떻게 살아가냐고요. 이번 생이 처음인 인간들이 모여 함께 답을 찾아가면서 지지고 볶고 살아가는 인생. 정말 재밌게 살고 싶다.

100세 시대라고 하지만 가는 데 순서가 없기에 안심하긴 이르다. 짧다면 짧은 시간인데 문제 푸느라 허우적거리기엔 아깝지 않나. 답이 틀려도, 정답 근처에는 가보지도 못한 채 힌트만 찾았다 해도 인생 채점표에는 모두가 동그라미다. 인생에 정답이 있었다면 심히 괴로웠을 거다. 정답이 없는 것보다 정답을 맞히지 못했다는 상실감이 더 무섭기 마련이니까.

올해도 커다란 문제들이 앞에 놓여 있어서 어질하지만 이젠 답을 찾으려 애쓰지 않는다. 그렇다고 놓아버린 것은 아니다. 계산기가 필요한 수학 문제가 아니니까. 이 사실을 누군가 먼저 알려줬다면 내 인생의 물음표는 줄었을까? 내 머리 위에 물음표가 몇개나 떠 있을지 모르겠지만 굳이 느낌표로 바꾸지 않아도 될 것 같다. 물음표와 함께 살아갈 인생의 정답은 무한대다.

묘비명 한번
건져보자

웬만해서는 다 흘려보내는 편이지만 요즘 딱 한 가지 후회하는 게 있다. 20대 때부터 홈베이킹을 취미로 하다가 마카롱의 매력에 빠졌다. 서른 살로 넘어갈 즈음 마카롱 만드는 걸 본격적으로 배우러 다니면서 다짐했다. 언젠간 내 가게를 열어보자고. 그렇게 2년 정도 마카롱과 씨름하며 친해진 어느 날, 동네 주변 부동산을 어슬렁거렸다.

시장 조사 따위는 해봤자. 장사 잘되는 곳을 구할 돈이 내게 있을 리 없었다. 허름한 곳이라도 일단 해보자는 마음이었다. 나름 어렵게 결심하고 알아봤더니 보증금 3,000만 원에 월세 120만 원이었다. 1주일 내내 고민했다. 소중하고 귀여운 월급 덕분에 자금이 많지 않아 망하는 것도 생각을 해야 했다.

결론은 포기! 부모님도 반대하셨기 때문에 기댈 곳이 없었다. 내 인생 중 바보 같은 기억 1위다. 술 마시고 고백한 기억보다 이게 더 수치스럽다.

지금에서야 이런 생각이 든다. 망하더라도 해볼걸. 이뤄지지 못한 첫사랑이 더 그리운 것처럼 출발선에조차 서 보지 못해서 그리운 건가. 그 꿈은 아직도 마음 한쪽에 잘 모셔두고 있다. 언젠간 꼭 가슴속에서 꺼내리. 술자리에서만큼은 내일이 없는 것처럼 놀자고 고래고래 소리만 잘 치면서 꼭 중요한 순간엔 뒤로 물러난다. '내일이 없는 것처럼'이라는 말은 도전하고 싶은 게 있을 때 비로소 빛나는 말인데. 한심한 것 같으니라고.

그때부터 도전하고 싶은 일이 생기면 당장 실행하는 편이다. 이왕 이루지 못할 바에야 목표라도 크게 잡아보자는 심리라고나 할까. 눈만 높아서 이력서를 내도 거의 다 떨어지고, 결혼의 기준도 높게 잡아놔서 걸리는 놈 한 명 없지만 그래도 여전히 여왕벌을 꿈꾸고 있다. 죽이 되든 밥이 되든 일단 지어보는 거다. 배고프면 다 맛있는 법이다.

유튜브도 나에겐 큰 도전이었다. TV에도 한번 나온 적 없는 얼굴을 만천하에 드러내기란 쉽지 않다. 나같이 겉멋만 든 관종에겐 더더욱 두려운 일이다. 하지만 꼭 해야 했다. 유튜브라는 것에 뛰어들고 싶었다.

생각 없이 퐁당! 몸을 던지고 힘을 뺐다. 힘을 빼니 둥둥 떠오르긴 하더라. 살았다. 그렇게 지금까지 달려왔다. 마카롱 가게를 열지 못했던 한을 동력 삼아 이것저것 도전하고 있다.

누군가는 내게 세상을 만만히 본다고 하더라. 맞다. **세상이 내 아래라고 생각하고 무슨 일이든 쉽게 가보자고 다짐했다.** 사실 이런 다짐을 한다는 것 자체가 만만치 않은 일이기에 최면을 거는 거다. 내 속사정까지 일일이 꺼내 보이며 투정 부릴 수도 없을뿐더러 투정 부릴 곳도 없다.

말 한마디로 천 냥 빚을 갚는다고 하지 않던가. 그것처럼 생각 하나로 인생을 달리 살 수도 있다. 생각만 바꿔도 내가 내 인생의 주인공이 될 수 있는 법. **사실 본인 인생인데 본인이 주인공이 아닌 삶이 얼마나 많은가 말이다.**

지난해 YTN 방송국과 인터뷰했을 때도 '처음처럼'의 하이트 진로와 인터뷰했을 때도 그랬다. 목표가 뭐냐는 질문을 받았을 때 정말 멋진 답을 하고 싶었지만 떠오르지 않았다. 목표도 계획도 없다고 했다. 인터뷰어들은 쓸거리가 없으니 실망했겠지만 그게 사실이었다.

쓸 말이 딱히 없으면 그냥 빈칸으로 내버려둬도 좋을 듯싶다. 꼭 채워야 하는 건 아니다. 목표 없이 달리다가도 묘비명 하나쯤은 건질 날이 오겠지.

오뚝이는 흔들려도
환불 당하지 않는다

누구나 크고 작은 면접을 통해 취직하고 어딘가에서 밥벌이를 하게 된다. 그러기 위해서는 취업을 준비하는 기간이 필요하다. 요즘은 그 기간이 짧지 않은 것 같다. 대학생을 벗어나니까 취준생이 기다리고 있었다.

사랑에 빠졌을 때 다음으로 가장 감정의 동요가 큰 기간이 아마 이때가 아닐까 싶다. 사랑의 감정은 알록달록하기라도 하지, 취준생의 감정은 무색무취다. 꼴에 보는 눈은 낮아서 나는 대기업을 꿈꾼 적이 없다. 사실 가능성이 1퍼센트라도 있었다면 도전했을 텐데 나는 나 자신을 아주 잘 아는 인간이다.

그냥 한 달 벌어 한 달 먹고살면 그걸로 족했다. 그런데 그것조차 잘 안 될 때가 있었다. 정말 들어가고 싶었던 곳에는 떨어지고, 별 기대도 긴장도 없이 면접을 봤던 곳에는 붙는 아이러니함. 이건 마치 내가 좋아하는 사람은 날 안 좋아하고, 내가 별로인 사람만 날 좋아하는 경우랑 비슷하다.

좋아하는 사람 앞에서는 행동 하나하나가 조심스럽다. 너무 조심하다 보니 재미없는 사람으로 변하는데 면접도 똑같았다. 잘 보이고 싶어서 뚝딱이는 내 모습이란. 도대체 왜 이러는 거냐면서 뛰쳐나갈 바엔 차라리 막 나가보자. 재수 좋으면 하나 얻어걸리기도 하더라.

우리의 삶은 항상 상대적이다. 절대적인 경우는 아직 찾지 못했다. 우리 외할머니 눈에 나는 아직도 서른일곱 살 아기지만 그래도 이 정도 판단은 할 수 있다. 남들과 비교하면 끝이 없고, 엄마 친구 자식들과 비교하면 암흑이 찾아온다. 내 남친 혹은 내 남편을 다른 집 남자들과 비교하는 순간도 마찬가지다. 그러면 게임 끝이다.

인간은 완벽하지 않아서 늘 누군가와 비교 대상이 된다. 그걸 동력으로 삼느냐, 시련에 빠져 진흙탕 속에 사느냐는 스스로 결정해야 한다. 비교 자체를 안 하면 좋으련만….

어쩌면 우리의 삶이 상대적이라 한쪽으로 치우쳐 보이지만 실상은 아닐 수도 있다. 균형감각의 최고봉 오뚝이도 바로 설 때마다 큰 파도에 일렁거리며 중심을 잡는다. 오뚝이가 흔들릴 때마다 고장났다며 환불을 요청한다면 그 사람이 바보다. 우리는 모두 공평하게 태어났다. 달리다 보면 무릎도 깨지고, 다른 길로 새기도 하지만 환불당할 수는 없다. 원래 달리기는 그 맛에 하는 거다.

올해 결심한 것 중 하나가 바로 취직이다. 또 어딘가에서 면접을 보고, 떨어져서 잠시 흔들릴지도 모르겠다. 하지만 그런 상황이 오면 이렇게 되새기면 된다.

'이 산을 넘어야 다시 오뚝이처럼 설 수 있다.'

잘 뺏기는 법

초등학교 저학년 때까지 운동회에서 꼭두각시 같은 춤을 추곤
했다. 전교생이 운동장에서 짝을 지어 율동하는 게 그 시절엔 거
의 국룰이었다. 당시 나는 속으로 이렇게 생각했다. '유치원 재롱
잔치에서 했던 걸 초등학생에게도 시키는구나. 아직도 우리가 어
린애인 줄 아나 보다.'

그래도 시키면 땀이 뚝뚝 떨어질 만큼 열심히 했다. 우리 학교
는 율동을 잘 못하는 친구들을 위해 남자, 여자 대표 각각 한 명
씩을 구령대 앞에 세웠다. 대표 꼭두각시 커플을 뽑는 것도 안무

담당 선생님이 심사로 결정했다. 무용반이 따로 있었던 학교여서 무용하는 여자아이들은 거의 다 지원했다. 나 역시 지원했고 1등으로 뽑혔다. 사실 초등학생이라 실력이랄 건 없었지만 왠지 어깨는 으쓱했다.

운동회 전까지 하루에 한 번 전교생이 운동장에서 연습했다. 그러던 어느 날 갑자기 선생님이 말씀하셨다. 앞에서 대표로 율동하지 않아도 된다고, 이제 다른 친구를 시키기로 했다고. 갑자기 바꿔서 미안하다는 말도 하셨다. 그때 그 말을 하시던 선생님 눈빛이 아직도 기억난다.

무슨 영문인지 몰랐다. 너무 어려서 어떤 반응을 해야 할지 모른 채 그 일이 벌어졌다. 구령대에는 같은 무용반 친구 중 한 명이 올라갔다. 나중에 알고 보니 그 친구 어머니가 일명 치맛바람이 어마어마한 사람이었다. 이 사실을 아주 나중에 알게 됐다. 차라리 늦게 안 게 다행이다 싶었다.

그때 내가 겪었던 일이 소위 말하는 백에 밀린 거였다. 내 자리를 뺏겼던 거다. 우리 부모님은 맞벌이를 하시느라 바쁘셨고, 당연히 학교생활에 신경을 쓸 여력이 없었다. 차라리 잘됐다고 생각했다. 모든 게 다 잘 된 거라고.

만 나이 되는 거
두 팔 벌려 좋아할 거라고 생각했다면 오산이다.
나이라도 잘 뺏겨야 할 텐데….

초등학생 때는 너무 어려서 뺏는다는 게 뭔지, 뺏긴다는 게 뭔지 몰랐다. 아니다, 과자 뺏기는 건 알았다. 부모님이 과자를 사오시면 항상 언니 모르게 내 몫의 과자를 숨겨났다. 뺏기지 않으려고. 그것 외에는 뺏긴다는 개념이 없었다. 더한 걸 뺏겼다 해도 더럽게 눈치가 없어서 분명 모르고 지나간 게 많았을 거다. **하지만 지금은 아주 잘 뺏겨줄 각오가 되어 있다.**

올 6월부터 만 나이가 도입됐다. 어떻게 쌓아온 나이인데 그걸 뺏어가네, 정말! 이래도 되는 겁니까? 만 나이로 치는 거 두 팔 벌려 좋아할 거라고 생각했다면 오산이다. 대한민국에서 노처녀 자격 따기가 그렇게 쉬운 게 아니란 말입니다.

온갖 유혹과 시련을 이겨내서 단단해질 대로 단단해진 심장을 부여잡고 살아가는 인생이란! 휴, 갑자기 속에서 쓴 물이 확 올라오네. 그런데 이미 많은 사람이 올해 초부터 만 나이를 사용하고 있더라. 내 주변만 해도 그런 사람이 반 이상이나 된다. 물론 주변 사람이라고 해봤자 열 손가락에 꼽힐 정도지만 과반수는 넘었으니 적절한 표본이라 할 수 있겠다.

난 아직도 외친다. 서른일곱 살이라고! 6월이 지났지만 계속 서른일곱 살이고 싶다. 같은 나이를 또다시 산다는 건 재미없다. **나이라도 잘 뺏겨야 할 텐데. 어떻게 하면 두 번째 서른여섯 살을 잘 살**

아갈 수 있을까? 왠지 작년 서른여섯 살보다 두 배는 더 잘 살아야 뿌듯할 것 같다. 절이 싫으면 중이 떠나야 하지만 엉터리 땡중은 떠날 곳도 없다. 그러니 이젠 잘 뺏기는 연습이라도 해야 할 판이다.

작년도 올해도 내 꿈은 취업이다. 이제 곧 1년이 되겠구나, 회사를 그만둔 지가. 2년 계약직이라 그만두는 날짜가 정해져 있었다. 첫 출근하는 날부터 마지막 날을 머릿속에 그렸다. 아, 이제 1년 남았구나. 정말 6개월밖에 안 남았구나. 진짜 마지막 한 달이네. 이날이 정말 오긴 오는구나. 딱 삼일 남았네. 이렇게 마음을 먹고 또 먹어서인지 내 자리를 아주 잘 뺏길 수 있었다.

인생의 모든 일이 이렇게 미리 예상하고 준비할 수 있다면 얼마나 편할까 싶다. 다 같이 만 나이가 되는 것처럼 다 같이 공평하게 정해진 삶의 길을 알 수 있다면 좋겠다. 그러면 인생이 재미없지 않겠냐며 반론하는 사람들이 꼭 튀어나온다. 어차피 불가능한 거니까 상상이라도 하게 냅둬주세요.

진짜 잘 뺏기고 싶은 건 따로 있다. 바로 마음이다. 동물이든 물건이든 취미든 간에 내 마음을 좀 잘 빼앗아가줬으면 좋겠다. 어릴 땐 마음 참 잘 뺏긴 거 같은데 나이를 먹을수록 현생이 바빠서 내 마음이 어디에 붙어 있는지조차 모르겠다. 이젠 무언가에 좀 푹 빠져보고 싶다. 그게 사랑이라면 거부하지 않을 자신 있습니다. 마음 뺏어줄 상대방이 없을 뿐.

그래도 이 세상에서 뺏기지 않는 것 하나쯤은 있어야 공평하다. 그건 바로 꿈이다. 내 마음속에서 꾸는 꿈은 아무에게도 뺏기지 않는다. 그래서 꿈이라도 마음껏 꾸라는 이야기가 나온 건가? 어릴 때 한 번쯤 꿔봤을 꿈. 대통령, 과학자, 선생님, 현모양처 등등. 이때 꿨던 꿈을 이룬 사람은 거의 없을 듯싶다.

꿈을 뺏긴 게 아니라 변한 것일 뿐이다. 꿈과 함께 성장하면서 오늘은 세모난 꿈이 됐다가 내일은 네모난 꿈이 되기도 한다.

비가
내릴 때

아주 잠깐 계획적이고 완벽한 인간으로 살아보고 싶어서 소위 말해 지랄을 떨던 때가 있었다. 동그라미 하나를 그려도 한쪽이 살짝 엇나가면 제대로 될 때까지 그리곤 했다. 해외여행을 갈 때는 더 심했다. 시간과 동선을 계산해서 모든 계획을 짰다. 이보다 더 완벽할 순 없었다.

　드디어 친구와 첫 해외여행길에 올랐다. 떠나기 전에 친구와 약속했다. 우리가 계획한 대로 서로 짜증 내지 말고 잘 지내고 오자고. 친구도 나도 열심히 노력했다. 여행 중 한두 번 빼고는 우리가 짠 계획대로 지냈고 짜증도 내지 않았다.

그런데 셋째 날부터 약간 버겁기 시작했다. 분명 우린 계획대로 잘해나가고 있었는데 왜 그런 기분이 들었을까? 친구도 나도 티를 내진 않았다. 힘들면 힘들다고 해도 될 텐데. 우리가 한 약속 때문에 그런 말은 입에서 꺼내지도 않았다. 몸은 계획대로 착착 따라가고 있는데 마음은 혼자 한국으로 돌아간 느낌이었다. 점점 영혼 없는 여행이 되어버렸다.

그 후 그 친구와는 다시 여행을 가지 않는다. 서로 말은 안 했지만 여행하는 내내 힘들었던 거다. 하루쯤은 계획을 무시하고 몸 가는 대로 마음 가는 대로 했어도 괜찮았을 텐데. 비가 내리면 그냥 맞으면 되는 거였다.

얼마 후 야구를 좋아하는 친구가 대구로 여행을 가자고 했다. 여행이라는 말만 들어도 헉 숨이 막혔다. 해외여행과는 다를 테지만 여행은 여행이니까. 지난 해외여행이 왜 힘들었나를 생각했다. 아마도 '시간이 돈'이라는 강박 때문이었나 보다. 여기 언제 다시 올지 모르는데 무계획으로 지내는 건 용납할 수 없다는 생각.

대구로 여행을 가자던 친구가 말했다. "딱 야구 보는 것만 정하고 나머지 시간은 즉흥적으로 보내자." 야구를 좋아하지도 않는 내가 홀린 듯 여행을 떠났다. 물론 야구는 재미없었다. 아니다, 재밌었다. 하루는 피자에 치킨을 시켜 먹고, 다른 날은 회를 포장해서 먹었다. 그러고 나서도 발길 닿는 대로 먹고 싶은 걸 먹으러 다녔다. 나를 죄어오던 강박을 놓으니 또 다른 게 보였다.

자신감이 떨어졌을 때도 계획이 살짝 엇나갔을 때도 그냥 그대로 놓아두면 된다. 몸에 상처가 생기면 그걸 낫게 하려고 세포들이 달려든다. 회복력에 몸을 맡기는 거다. 오히려 가만히 놓아둘 때 머릿속이 맑아지고 해결책이 보인다. 그 찰나를 참지 못해 그르쳤던 일들을 되짚어보면 머리가 어질하다.

누구나 소나기에 옷이 젖는다. 계절이 지나가는 것처럼 자연스러운 현상이다. 그럴 때는 선택지가 있다. 어딘가로 피하느냐, 일단 맞고 나중에 잘 말리느냐, 다시 샤워를 하느냐다. 누구나 맞는 소나기, 앞으로도 잘 맞아줄 테다. 갑자기 일어나는 일들에 의해 우리의 인생은 바뀌기도 한다. 그래서 이젠 갑자기 비가 쏟아지는 날이 좋아졌다.

'찍'소리 내기

유튜브를 시작한 건 정말 우연이었다. 어떤 일을 시작하고 나서
는 정작 왜 그걸 했는지 기억이 나지 않을 때가 많다. 유튜브도
그랬다. 내가 이걸 왜 시작했던 걸까? 아직도 그 이유가 정확하게
기억나지 않는다. 알코올성 치매는 아니니 걱정은 하지 마세요.

기억을 되짚어봐도 잘 생각나지 않았다. 그런데 나도 잊고 있
었던 기억을 언니가 되살려줬다. 유튜브를 시작하기 전에 언니한
테 그랬단다. "나 술먹방 유튜버가 될 거야."라고. 너무 뜬금없는

말에 언니는 할 말을 잃었다고 했다. 술에 대한 전문 지식도 없고, 소위 말하는 주당도 아니고, 그냥 소주만 퍼마실 줄 아는 게 무슨 술먹방을 하냐고 생각했단다.

그 이야기를 듣고 보니 언니가 했던 말이 희미하게 떠올랐다. "하지 마." 오히려 이 한마디에 자신감이 붙었다. 반항심이었다. 바로 다음 날 마트에서 사 온 동태탕 밀키트로 촬영을 했다. 일단 찍긴 찍었는데 편집하는 방법을 몰라서 유튜브를 보고 배웠다. 그때의 영상은 B급 감성보다 더 낮은 F급 감성 수준이다.

이렇게 탄생한 허접한 첫 영상은 지금까지 올리지 못하고 있다. 내가 봐도 너무 아니올시다였다. 찾아보면 그 영상이 어디엔가 남아 있을 것 같긴 한데, 꺼내 보기 무서워서 일부러 찾지 않고 있다. 이게 내 나름의 '찍'소리 내는 방법이다.

급하게 시작했지만 첫 영상을 열심히 찍었다. 그런데 너무 허접해서 속상하더라. 그렇게 두 번째 영상을 찍었고 역시나 결과물의 수준은 똑같았다. 성질이 나서 그냥 올려버렸다. 그런데 의외로 반응이 좋았다. 정말 현실적인 모습을 보는 것 같다는 댓글이 달리기 시작했다. **청개구리도 이렇게 한번 찍소리를 내는 순간이 있구나. 정말 맛난 순간이었다.**

어릴 적부터 누구에게 잔소리를 듣거나 혼나면 나도 몰랐던 악바리 모습이 튀어나왔다. 그러고 보면 부모님이 날 다룰 줄 아신 거다. 잔소리를 해야 애가 움직이니까 말이다. 그래서 지금도 잔소리를 놓치지 않으신다. 이놈의 반항 아닌 반항기는 언제쯤 사그라들는지…. 좋게 말하면 들어먹질 못한다. 뇌의 어느 부분이 잘못돼야만 잔소리에만 반응하는 것인가 말이다. 이런 사람이 우리 가족 중 나밖에 없어서 정말 다행이다.

고등학생 때는 말했다시피 공부엔 취미가 없었다. 그렇다고 껌을 잘 씹은 것도 아니다. 그냥 공부 못하고 얌전한 척하는 학생이었다. 그러던 어느 날 길거리에서 아빠 친구를 만났는데 날 보자마자 갑자기 이렇게 말씀하셨다.

"너 공부 못한다며? 우리 아들은 잘하는데."

예민한 여고생 시절 그런 말을 들으니 너무 창피했다. 그것도 길거리에서. 부모님 잔소리보다 남이 하는 잔소리는 파장의 크기 자체가 다르다. 당장 집으로 달려와 아빠에게 따져 물었다.

"아빠가 나 공부 못한다고 했어요? 그 아저씨가 나한테 길거리에서 공부 못한다는 말을 했다고!"

아빠는 갑자기 불쌍한 눈빛으로 바뀌더니 아무 말도 못하셨다. 지금 생각해보면 그 아저씨는 아빠의 진짜 친구가 아닌 것 같다.

아빠한테 따진 뒤 방에 들어와 펑펑 울었다. 웬만한 말에는 끄

'찍'소리 낼 수 있다는 건
뭔가 설레는 일이다.

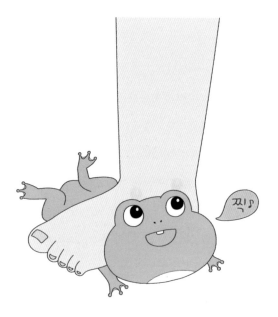

내 인생에 '설레임'은 아이스크림이 다였는데….

떡없는 나인데, 남한테 그런 말을 들으니 자존심이 상했다. 그렇다고 만년 하위권이었던 내 성적이 영화에서처럼 갑자기 상위권으로 치고 올라갈 가능성도 없었다. 그때 불현듯 대학에 가야겠다는 생각이 들었다. 당시만 해도 대학에 대한 구체적인 계획이 없었는데 그렇게 또 동기부여가 됐다.

일단 마음은 먹었는데 현실은 녹록지 않았다. 한동안 뭘 어떻게 해야 할지 고민하다가 글짓기를 하면서 목표가 뚜렷해졌다. 이게 내가 했던 청소년기의 '찍'소리다. 소위 말하는 스카이는 못 갔지만 이 정도면 만족한다. **나 자신에 대한 기대치가 낮아서 나는 나를 키우기가 참 쉬웠다.**

이전 직장 중 한 군데서는 한 달에 한 번씩 가장 많은 성과를 낸 직원 한 명을 뽑아서 현금 포상을 주는 제도가 있었다. 20대 중반 시절 10만 원이었으니까 나름 술상을 몇 번 차릴 수 있는 금액이었다. 원래 그런 덴 관심이 없었지만 신입이다 보니 일 못한다는 소리는 듣기 싫었다.

그래서 한번 시험해봤는데 그달에 정말 내가 가장 성과를 많이 내버렸다. 기다리던 바로 그날, 포상을 하는 날이 다가왔다. 두근두근. 퇴근하고 뭐 먹을지 막판 결정만 남겨놓은 참이었다. 그런데 갑자기 포상제도가 없어졌다는 것이다. 이렇게 갑자기 없애버리면 제가 먹고 싶었던 피자는요? 치즈 토핑 두 번 추가해서 먹으려고 했는데…. 내 세상이 무너진 느낌이었다.

'찍'소리를 냈을 때 성공하는 쾌감은 변비에서 탈출한 것보다 더 짜릿하다. 이런 걸 요즘 말로 도파민 중독이라고 하는 건가? 주기적으로 짜릿함을 느껴야 머리가 굴러간다. 특히 반대나 잔소리가 심했을 때 치고 올라가는 힘이 더 생기더라.

전생에 나는 밟을수록 꿈틀대는 지렁이였나 보다. **'찍'소리를 낼 수 있다는 건 뭔가 설레는 일이다.** 내 인생에 '설레임'은 아이스크림이 다였는데 이렇게 또 하나가 추가됐다. 요즘은 부모님께서 결혼 이야기를 많이 하신다. 생각 같아서는 속도 위반으로 '찍'소리를 내고 싶지만, 그것만은 하늘의 선택에 맡기기로 했다.

최저임금
인생

인생의 큰 산을 만났을 때는 옆으로 돌아서 가든 정면 돌파하든 기어코 넘어가라고 배운다. 그런데 자꾸 시련이 바지자락을 잡고 안 놔줄 때는 어떻게 해야 하는 거지? 실패하는 법은 안 배운 것 같은데요, 선생님.

　인간은 사회적 동물이라고 하면서 어릴 때부터 이것저것 배우게 만든다. 멍때리고 있어도 모든 선생님이 알아서 내 머릿속에 무언가 끊임없이 집어 넣어줬다. 밥 떠먹여주는 대로 살다 보니 그래도 인간 구실은 하겠구나 싶었는데 정작 중요한 것 몇 가지는 배우질 못했다.

사회에 나가 보니 여기저기서 불어오는 찬바람에 얼어가는 내가 보였다. 엘사였다면 억울하지나 않지. 그래서 온갖 책과 유튜브에서 이야기하는 '나를 이기는 법', '시련에 물러서지 않는 법' 등이 잘 팔리나 보다.

입시 공부하는 것의 반의 반만이라도 진짜 삶에 대해 배웠더라면 삶의 시련을 견디는 에어백이 지금보단 두꺼웠을 텐데.

"거긴 얼마 줘?" 사회초년생 시절 일명 찐친들끼리는 이런 대화가 주를 이룬다. 우리가 어떤 민족입니까? 면접도 함께 준비하고 면접 결과에 따라 같이 울어주고, 입사하면 또 쪼르르 모여 앉아 노가리 까는 한민족 아닙니까. 하지만 이것도 사회초년생일 때의 이야기다. 점점 현생 살기 바빠지면 어느새 안부를 묻는 것조차 잊는다.

나는 그저 그런 곳에 취직했다. 하지만 중소기업이나 대기업에 입사한 친구들이 부러워서 연락을 안 하는 게 아니다. 어차피 SNS를 통해 어제 소식까지 다 꿰차고 있다. 한 달 정도 친구 SNS가 업데이트되지 않으면 그때가 바로 연락할 타이밍이다.

어릴 적 연애 상담을 할 때 친구가 그랬다. 사람은 절대 고쳐 쓰는 게 아니라고. 타고난 천성이란 게 있긴 있나 보다. 나 역시 큰 마음 먹고 성격 개조를 시도했지만 길어야 작심오일이었다. 작심 삼일보단 이틀 더 노력했지만 그러면 뭐 하나. 다시 내 멋대로 살고 있는데. 어차피 못 고칠 거라면 시간 낭비하지 않게 작심삼일 안에 포기해야겠다.

누구나 그렇듯 하기 싫은 일을 억지로 하는 건 고역이다. 그런데 왜 하필 이놈의 몸뚱이는 인생을 살아가는 데 가장 중요한 돈 버는 일을 싫어하나. 정말 나같이 살고 있네.

내가 대학생일 때 아버지가 기대에 차서 물으셨다.

"넌 어느 회사에 가서 무슨 일을 하고 싶니?"

이 효녀는 당당히 외쳤다.

"난 여행 다니면서 글 쓰고 살 거예요."

그때 아버지의 표정을 잊을 수가 없다. 그러곤 조심스럽게 말씀하셨다. 100만 원을 벌어도 좋으니 회사에 들어가 일할 생각을 하라고.

아버지의 말씀대로 대학교 졸업도 하기 전에 월급 100만 원을 주는 회사에 들어갔다. 물론 아버지의 그 한마디에 마음을 바꾼 건 아니다. 운전면허도 없는 내가 혼자 여행 다니기 불편할 것 같아서 그랬을 뿐이다. 운전면허는 지금도 없다. 그래서 여행 다니며 글을 쓰는 삶은 조금 더 미뤄졌다.

사회초년생의 시작은 최저임금이었다. 아니 사실 그것보다 더 낮았다. 정작 열정페이를 받고 있을 땐 모른다. 지나고 나서야 그때 그게 열정페이였다는 걸 알게 되지. 20대의 삐걱거림은 눈감아줄 수 있다 쳐도 서른일곱 살이 된 지금도 최저임금 인생이 크게 달라지지 않았으니….

공부에 욕심이 없어도 너무 없었고, 회사 욕심이 없어도 너무 없었지만 소위 말하는 '워라밸'은 원 없이 누렸다. 아니 더 솔직해지자면 일과 삶의 균형이 아니라 일보다 삶을 더 즐기는 불균형의 삶이라고 해야겠다. **칼출근으로 시작해 칼퇴근으로 마무리하는 것은 최저임금 인생이 누릴 수 있는 가장 큰 즐거움이다.**

우리 부모님은 분명 이렇게 키우지 않았는데, 내가 이렇게 큰 이유는 뭘까? 난 누굴 닮아서 열심히 일하고 돈 버는 게 그렇게 싫은 걸까? 세상이 각박하기 때문일까? 그래 그거다! 그냥 그렇다고 해야겠다.

현실은 생각보다 냉정하지 않다. 단 한 가지, 돈에서만 유독 냉정할 뿐. 그러고 보면 나는 얼마나 돈에 따뜻한 사람인가. 적게 벌고 적게 쓰면 되는 것을. 소주 값이 오른다고 할 때마다 다른 의미로 심쿵하지만 그까짓 거 한 달에 한두 병만 덜 먹으면 된다. 소주도 덜 먹고, 간도 건강해지고, 돈도 덜 쓰니 얼마나 좋아. 역시 인생은 생각하기 나름이다.

손가락 가다듬고 제대로 다시 한번 핑계를 써보겠다. **적당히 살고, 적당히 먹고, 적당히 힘들어하고 적당히 일하는 게 범죄가 아니라서 얼마나 다행인지 모른다. 남들과 조금 다를 뿐이다. 이렇게 사는 것도 능력이다.** 월급 그대로 줄 테니 하루 종일 소파에 앉아 아무것도 하지 말라고 하면 버틸 수 있는 사람이 몇이나 있을까? 하지만 일단 나는 무조건 고입니다.

누군가는 최저임금 인생이라고 손가락질할지도 모르겠지만 그것까지 신경 쓰기엔 눈치가 너무 없어서 감사합니다. 물론 최저임금에서 벗어나기 위해 노력을 안 한 건 아니다. 나름 노력이란 것도 해봤지만 그렇다고 살림살이가 확 바뀔 만큼의 어마어마한 월급은 만질 수 없었다. 평생 최저임금 인생에서 벗어나지 못할지도 모르지만 삶의 만족도는 최고다. **내 월급이 최저지 내 인생이 최저는 아니니까.**

실패하는 법은 안 배운 것 같은데요, 선생님!

비포장도로

어릴 적 유독 코를 심하게 골았다. 미취학 아동이 코를 골면 얼마나 골았을까 싶겠지만 부모님이 전국으로 코 안 골게 하는 한약을 찾아다니신 걸 보면 어마어마했나 보다. 얼마 안 되는 어릴 적 기억 중 하나가 한약을 먹던 순간이다. 쓴 한약 맛과 함께 아버지가 했던 말이 떠오른다.

"이거 멀리서 구해온 한약이니까 다 먹어야 한다."

쓴맛을 좋아해서 꿀떡꿀떡 잘도 삼켰다. 하, 그래서 내가 술을 좋아하는 건가. 하지만 한약을 먹어도 차도가 없자 병원을 옮겼다. 그곳에서는 어린아이라 얼굴 뼈가 덜 자라서 그런 것뿐이라며 시간이 지나면 자연스레 코골이도 줄어든다고 했다. 의사 말을 믿으신 건지 포기하신 건지 그 후로 부모님은 더 이상 한약을 구하러 다니지 않으셨다.

그런데 신기하게 코골이가 점점 줄어들더니 성인이 된 후에는 어느 순간부터 없어졌다. 언니랑 한방에서 지내던 어린 시절엔 제발 코 좀 골지 말라는 언니의 잔소리를 잠결에 자주 들었는데 지금은 이상 무! 문제는 내가 아니라 아버지였다. 나이가 들수록 코골이가 심해지시는데 이제 내가 한약을 지어드릴 차례인가 싶다.

사실 이뿐만이 아니다. 나는 여덟 살까지 오줌싸개였다. 2촌 가족까지만 아는 사실인데 최초 고백하겠다. 여덟 살까지 기저귀를 찼다면 아무도 믿지 않겠지. 나도 거짓말이었으면 좋겠다. 아기들은 소변 조절이 안 돼서 아무 때나 배출하는 게 정상이지만, 초등학교 1학년 때까지 계속된 거라면 심각한 일이다. 물론 당시 나는 아무 생각이 없었다. 걱정은 오직 부모님 차지였을 뿐.

초등학교 입학 통지서를 받자마자 엄마가 걱정하셨던 게 떠오른다. '얘를 기저귀를 입혀 보내야 하나 말아야 하나.' 같은 초등학교에 다녔던 겨우 두 살 위의 언니도 걱정했던 게 느껴질 정도였다. 그 말을 듣고도 난 만사태평. 그러다 또 어느 순간 소변을 가리기 시작했다. 이런 밑도 끝도 없는 일들이 나에겐 자주 있었다.

초등학생 시절 언니는 맨날 받아쓰기 100점을 받아왔고 그게 당연했다. 반면 나는 맨날 0점 혹은 10점이었다. 그러다 1년 한두 번 80점이라도 받는 날엔 엄마가 빵집에서 파는 팥빙수를 사주셨다. 어릴 적 가장 좋아했던 음식이 팥빙수였다. 그때마다 언니는 속상해하며 성질을 냈다. 왜 맨날 100점 받는 나는 안 사주는 거냐고. 나는 그런 언니에게 팥빙수 같이 먹자며 슬며시 숟가락을 내밀었다.

부모님에게 나는 아픈 손가락이었던 게 아닐까 싶다. 다른 아이들보다 조금 모자랐던 막내딸이라서 그런가? 모자란 게 아니라 특이한 거라고 정정하고 싶다. 이것도 불혹 가까이 돼서 생각해보니 그렇다는 거지, 20대까지만 해도 내 어린 시절의 특이함은 특이함으로 여겨지지 않았다. 나는 오줌싸개였지만 스스로를 남들보다 더 뛰어난 인격체라 여기며 근자감 속에서 자랐다.

부모님에게 등짝을 맞고 의기소침해질 때면 가끔 이런 생각을 했다. '어릴 적 모자란 내 모습을 의식하면서 자랐다면 어땠을까?', '생각이 많은 아이였으면 어땠을까?' 와, 상상만 해도 아찔하다.

우리 선조들께서는 말씀하셨다. 남들 목소리보다 내 목소리에 귀를 기울여야 행복하다고. 물론 이런 강과 같은 명언을 머리에 피도 안 마른 어릴 적의 내가 알 리는 없었다. 그저 얻어걸린 것일 뿐. 남의 말, 아니 가족들 말에도 귀를 기울이지 않은 나, 정말 칭찬해!

단점이 없는 사람은 사람이 아니라 신이다. 소위 전 세계가 알만한 스타라 해도 그 속을 들여다보면 단점이 존재한다. 다만 단점이 없는 것처럼 연기할 순 있다. 그런데 단점이란 게 참 그렇다. 의식하는 순간 그것은 치명적인 약점으로 전락한다.

그래서일까? 이미지에 신경을 많이 쓰는 배우들은 대체로 단점을 가리기 바쁘다. 고급지고 아름답고 세련된 모습을 원하는 대중의 입맛에 맞춰 가급적 그런 모습들만을 보여주려 한다. 반면 개그맨들은 다르다. 그들은 오히려 단점을 부각시켜 많은 이들을 즐겁게 해준다.

만일 단점을 의식하고 보여주기 싫어서 꽁꽁 숨겼다면 과연 어떤 반응이었을까? 예전에 어느 개그맨이 예능프로에 나와서 이런 말을 했다. "단점이 없는 얼굴이라서 속상하다."라고. 물론 개그맨이라는 직업 특성상 할 수 있는 이야기이긴 하다. 그렇다 해도 그의 정신력이 대단하게 느껴졌다.

사실 우리 같은 보통 사람들도 크게 다르지 않다. 가급적 단점이나 약점은 숨기려 한다. 외적이든 내적이든 콤플렉스는 본인이 만드는 것이란 생각이 든다. 그럼 어떻게 해결하지? 간단하다.

단점을 단점이라고 여기지 않으면 된다.

모두가 왼쪽으로 몰려갈 때 오른쪽으로 가기란 쉽지 않은 일. 그러나 온전한 내 인생을 위해서는 새로운 발자국을 내보는 것도 좋다. 눈이 가득 쌓인 곳을 내가 가장 먼저 지나간다는 생각만으로 짜릿하다. 내 발은 내 몸에 달렸지, 남들 몸에 달린 게 아니지 않나. 그러니 내 맘대로 가는 거다.

실패할 수도 있다. 나 역시 똥고집으로 몇 번 쓴맛을 봐야 했다. 하지만 그 역시 해결 방법이 있다. 그럴 때마다 '기억 지우기'를 하면 된다. 실패한 기억을 지워버리는 것이다.

부모님한테나 아픈 손가락이지 난 세상 당당한 청년이다. 정말 다행인 건 부모님이 나를 오냐오냐 키우지 않으셨다는 점이다. 애가 조금 부족한 것 같다고 여겼으면서도 해달라는 대로 다 해주지 않으셨다. 사실 이 부분이 조금 억울하긴 하다. 조금 더 오냐오냐 키워주실 순 없었을까? 그럼 예쁜 공주 옷을 한 번쯤 입어봤을 텐데. 하지만 그래도 괜찮다. 자식을 키워보진 않았지만 어쨌든 이만하면 보통 아이들처럼 큰 것 같다.

옛날엔 가족들의 걱정스러운 눈동자가 항상 나를 향해 있었다면 지금은 상황이 달라졌다. 가끔 방지턱을 만나 덜컹거릴 때마다 토끼 눈이 되지만 이젠 즐길 수 있다. 걱정 가득했던 눈빛을 사랑스럽게 바꾸는 방법을 발견했으니까.

나를 위로하는
방법

초등학생 시절 남자아이들이 놀리면 울어버리곤 했다. 그럴 때마다 여자친구들이 똘똘 뭉쳐서 '괜찮아? 울지마'라며 위로해줬다. 친구들이 위로해주니까 정말 아무렇지 않아졌고 기분이 더 좋아졌다.

　그런데 나이를 먹어갈수록 남들의 위로가 크게 와닿지 않고, 나 역시 남들을 어떻게 위로해야 할지 방법을 잊었다. '괜찮아?'라는 한마디 말로 위로를 하기엔 성의가 없어 보이는 것 같다. 어린 시절엔 '괜찮아' 한마디면 진짜 다 괜찮아졌는데….

불혹을 향해 달려갈 즈음에는 나를 잘 위로하는 방법 하나쯤은 있어야 한다. 남들은 해줄 수 없다. 나를 위로하는 방법은 나만이 안다. 그 방법을 모른다면 아직 발견하지 못했을 뿐 방법이 없는 건 아니다.

사실 부모님도 형제자매도 서로에 대해 그다지 잘 알지 못한다. 솔직히 말하면 우리 가족은 슬픔을 나누지 않는 편이다. 기쁨도 슬픔도 함께 나누는 게 가족이라고 하지만, 슬픔 나누는 것을 우리 가족들은 참 어색해한다. 그래서인지 몰라도 무슨 일이 닥쳤을 때 혼자 위로하며 금방 헤쳐나간다. 그래! 이걸 좋은 말로 표현해 정서적으로 독립했다고 할 수 있다.

비루한 몸뚱이는 아직 부모님 댁에 얹혀살지만 정서적 독립은 진즉에 했다. 정말이다. **스스로에 대한 기대치가 낮은 것도 정서적 독립을 하는 방법 중 하나라고나 할까.**

내 마음은 나한테만 붙어 있으니 얘만 잘 달래주면 된다. 만병의 근원은 스트레스다. 스트레스는 마음에서 온다. 몸과 마음을 무너뜨린다. 그러니 우리 몸에서는 마음이 차지하는 비율도 상당할 것이다. **신체 장기 중 마음이라는 이름을 단 건 없지만 분명히 존재한다.** 마음은 나랑 평생 함께해야 하는 친구 같은 아이다.

나는 노래 들으며 걷는 걸 좋아한다. 그게 나를 위로하는 방법이다. 여름엔 해가 지면 걷고 겨울엔 해가 떠 있으면 걷는다. 집 근처에 큰 쇼핑몰이 없어서 약간 억울하긴 하지만 그래도 바깥 공기를 마셔야 체내에 쌓인 고민이 사라지는 느낌이 든다. 어떤 고민이든 어떤 걱정이든 걷기만 하면 금세 정리되고 나를 잘 달랠 수 있다.

설마 술이라고 생각한 사람이 있었다면 큰일 날 소리다. 나는 한 가지 규칙을 세웠다. 마음이 너무 안 좋을 땐 술로 위로하지 말자고. 원래 규칙이란 게 없는 사람인데 이건 지키려고 노력한다. 사실 노력할 필요가 없다. 마음이 너무 안 좋을 때가 없어서 그냥 매일 부어라 마셔라 하는 중이니까. 좋아하는 플레이리스트 켜놓고 동네 공원 네 바퀴 코스를 돌면 머리가 청순해진다.

특히 여름엔 걷기만 해도 땀에 젖는다. 걷기 후 샤워. 샤워 후 딱 한 잔이면 산 정상에 오른 것처럼 에너지가 샘솟는다. 새해가 시작될 때마다 인터넷에는 개운법이 올라오는데 대표적인 게 청소와 청결이다. 집을 깨끗이 치우고 신체를 청결히 하기. 미신을 믿지 않지만 이건 정말 맞는 말 같다.

깨끗해진 것들을 보면 기분이 좋아지고 기분이 좋아지면 뭐든 할 수 있겠다는 용기가 생긴다. 그러니 나는 매일 운을 닦고 있는 셈이다.

어머니, 소녀는 오늘도
맛있는 고기반찬에 밥을 먹고
열심히 소화만 시켰나이다.

사람이라면 누구나 마음이 오락가락하는 게 정상이다. 이런 걸로 창피해하지 말자고 다짐한다. 우물 속에서 빠져나오는 시간이 다르다고 부끄러워할 것 없다. 감정의 소화력은 각자 다르니 말이다. 원인과 이유를 나에게서 찾고 해결법도 나에게서 찾으면 못할 것이 없다.

예전에 엄마가 그러셨다. "밥만 먹고 소화만 시키는 인간은 되지 말아라."라고. 물론 엄마가 하시는 말씀의 속뜻은 알고 있다. 하지만 소화시키는 게 얼마나 중요한데요. 그래서 나는 오늘도 맛있는 고기 반찬에 밥을 먹고 열심히 소화만 시켰습니다. 망설인 시간들에 대한 보상은 이거면 충분하다.

맨정신에
회사 때려치웁니다

한곳에 정착하는 건 어떤 느낌인지 정말 궁금했다. 대학교 졸업 시즌에 취직해서 나름 사회생활을 일찍 시작했는데 현상 유지가 잘 안 됐다. 이 회사 저 회사 옮겨 다니는 모양새가 꼭 중2병에 걸린 어른아이 같았다.

경력을 쌓겠다는 의지도 없었다. 내 머릿속은 도대체 어떤 걸로 채워져 있었는지 지금도 모르겠다. 아무것도 아닌 일에 혼자서 북 치고 장구 치다 보니 항상 사직서를 내는 일이 잦았다.

A회사의 팀장님에게선 정말 악취가 났다. 사람 몸에서 나는 냄새인가 할 정도의 심한 냄새였다. 내 코가 이상한 건가 싶어 동료들에게 물었다. "혹시 냄새 안 나요?" 동료들도 알고 있었다. 하지만 누구 하나 겉으로 말하는 사람이 없었다. 그건 나 역시도 마찬가지였다.

팀장님 근처에 가고 싶지 않아도 같은 팀이었기에 불가능했다. 웬만한 악취는 계속 맡으면 무뎌지는데 그 냄새는 도저히 무뎌지지 않았다. 결국 악취 때문에 사직서를 던졌다. 이건 천재지변과 같은 급의 일이어서 어쩔 수 없었다.

B회사는 일반 오피스텔을 사무실로 쓰고 있는 곳이었다. 원룸형의 오피스텔이라서 화장실이 하나뿐이었고 소리까지 아주 잘 들렸다. 직원은 네다섯 명이고 남녀가 섞여 있다 보니 화장실 문제가 스트레스였다. 계속 그렇게 지내다간 내 방광이 먼저 터질 것 같았다. 몇 개월을 참다가 겨우 사직서를 냈다. 절이 싫으면 중이 떠나면 되는데 잘 맞았던 회사라 무척 아쉬웠다.

C회사는 회식을 자주 하는 곳이었다. 회식이 뭐가 문제겠느냐마는, 우리 부장님께서는 퇴근 시간이 되기도 전에 회식을 시작했다. 그런 일이 몇 번 반복되다 보니 다른 팀에서 안 좋게 보고

있었다. 그럼에도 부장님은 수시로 이른 회식을 하셨고 어느 날은 점심 회식을 시작해 그대로 회사에 들어가질 못했다. 결국 부장님도 안녕히 가셨고, 우리 팀원들도 안녕히 가게 됐다.

D회사는… E회사는… 더 이상은 말잇못. 이게 가슴 사이즈면 얼마나 좋을까. 이상 트러플 A컵의 급발진이었습니다.

이 외에도 말 못 할 사정들이 많았다. 그러고 보니 회사를 많이 옮겼구나. 그렇다고 매번 이런 식은 아니었다. 안정적인 회사를 만나기도 했고, 사이사이 마음 맞는 사람들과 웃고 울며 추억도 남겼다. 하지만 어떤 이유든 간에 퇴사할 땐 마음이 마냥 좋지는 않다.

그렇다고 자책은 하지 않는다. 내가 선택한 회사였으니 돌려놓는 것도 나만이 할 수 있다. 어쩔 땐 왜 더 빠른 선택을 못하고 망설였을까 싶을 때도 있다. **버티는 자가 이긴다는 말은 요즘 같은 세상엔 곧이곧대로 써먹으면 큰일 난다. 아닌 것 같은데 계속 버티다간 감당해야 할 약값만 늘어날 뿐이다.**

끝이 있었다는 건 시작을 할 준비가 됐다는 거다. 끝과 시작, 시작과 끝은 한 세트다. 끝에 대한 책임을 지면 그 경험을 딛고 또 배우는 게 하나 더 늘어간다. 사람들은 본인도 모르게 자신에게 유리한 선택을 하게 되어 있다. 누구에게나 있는 동물적 감각이라고 할까. 맨정신에 퇴사하는 것도 나중엔 다 이유가 있더라. 그 당시엔 잘 모른다는 게 함정일 뿐.

이제껏 내 성격이 둥글다고 생각해왔다. 정확히 말하면 나는 논쟁을 좋아하지 않는다. 그래서 사람들과 만날 땐 웬만하면 주관을 드러내지 않는다. 누군가 A라고 말하면 '맞다!' 또 B라고 말하면 'B도 맞네!' 하는 성격이다. 쓸데없는 칼로리 낭비를 싫어한다고나 할까.

그런데 내 인생의 먹고사는 일에 대해서는 나도 모르게 뾰족해진다. 내가 뛰어넘을 수 없는 상황이라면 단호해져야 한다. 돈 앞에서는 머리를 비우고 본능을 믿는다. 돈을 벌어야 소주를 사 먹든지 안주를 사 먹든지 할 것 아닌가. 월급 받으면 어차피 소고기나 사 먹겠지만 말이다. **그렇다면 인생은 소고기를 사 먹기 위해 이렇게 굴러가는 건가?**

꿈꾸던 대로 되지 않았다고 기죽을 필요는 없다. 그것들을 모두 껴안고 잘 달래가며 걸어가면 된다. 양손은 너무 무겁지 않아야 한다. 버릴 건 버리고 남겨둘 것만 남기면 한결 수월하다. 어떤 걸 버리고 어떤 걸 선택할지는 내가 결정한다.

솟아날 구멍은 있다. 롤드컵에서 대이변을 일으키며 우승한 선수가 그랬다. **중요한 건 꺾이지 않는 마음이라고.**

회식 좋아하는 사람,
전데요?

여자 세 명이 모이면 접시가 깨지는 게 아니다. 그냥 사람 세 명 이상만 모이면 뭐든 깨진다. 아, 숙취로 머리가 깨지는 건가. 회식 날만 되면 혼자 기분이 업돼서 1등으로 업무를 해치웠다. 마지막 축배를 터뜨리기 위한 나만의 의식이다. **눈칫밥 먹지 않아도 되고 엄마밥보다 맛있는 안주를 실컷 먹을 수 있는 날. 바로 회식 되겠다.**

  친구들은 회식하는 날이 싫다며 빠지려는 이유를 나에게 먼저 설명한다. 내가 선배 입장이 돼서 믿을 만한 핑계인가 생각해 봐 달라는 거다. 친구의 기대에 힘입어 냉철한 판단을 해준다. 회식을 좋아했던 나로서는 사실 친구의 평계는 잘 들어오지도 않는다. 회식 자리에 먼저 도착해 자리 잡고 있다가 늦게 오는 사람들에게 벌주를 말아주겠다는 의지만 샘솟을 뿐.

회식 자리에서 다치면 산재 처리가 된다. 그 말인즉슨 회식도 직장생활의 일부라는 것이다. 아니면 내 친구처럼 회식을 싫어하는 어린 양들을 위해 백일기도라도 올려야 하나.

그렇다고 내가 남들보다 음주가무에 뛰어난 건 아니다. 우리 가족 모두가 음치에 박치, 로또보다 더 안 맞는다. 두 분 다 음치여서 얼마나 다행인지. 한 분만 음치였다면 억울할 뻔했다. 술도 썩 잘 마신다고 할 수는 없다. 그보다는 술자리가 좋다. 모두가 평등해지는 술상 앞에서 잔을 부딪히며 화합하는 모습, 얼마나 아름다운가.

피하고 싶은 순간이 있으면 반대로 즐거운 순간도 존재한다. 빛과 그림자처럼 너무 당연한 것 같지만 막상 닥치면 어떤 게 빛이고 어떤 게 그림자인지 혼란스러울 때가 있다.

이효리의 웹 예능 〈서울체크인〉에 나온 한 출연자가 이런 말을 하더라. **누군가 미우면 차라리 사랑해버리라고. 회식이 싫으면 차라리 사랑해버려.** 회식 싫어하는 친구한테 한마디 던졌다. 읽씹당한 건 마음이 아프다.

누군가를, 어떤 것을 미워한다는 건 에너지를 써야 하는 일이다. 물가도 오른 요즘 쓸데없는 칼로리 낭비는 함부로 하는 게 아니다. 여튼 다시 본론으로 돌아와 생각해보면 어차피 우린 모두 똑같은 인간이라는 결론에 도달한다. 같은 인간들끼리 미워해봤자 우주에서 보면 까만 점들일 뿐일 테지. 그 까만 점들이 서로를 미워하고 있다니….

그럼에도 미워하는 사람 한 명 없다면 그게 어디 사람인가? 누구에게든 어쩔 수 없이 미운 사람 한두 명은 있게 마련이다. 특히 계속 부딪혀야 하는 사람일수록 그 감정은 깊어져만 간다. 누군가가 밉다는 생각이 꼬리에 꼬리를 물다가 갑자기 번쩍 정신이 들었다. 이 에너지를 다른 곳에 써보자고 생각했다. 죽을 만큼 미워하는 힘을 나를 위해서 쓰기로 말이다.

어쩌면 누군가를 미워하거나 좋아하는 일은 남을 위해 쓰는 에너지다. 이제 그 에너지를 남이 아닌 나에게 써야 한다. 나를 더 좋아해주고, 내가 하고 싶은 일에 눈을 돌리면서 깨달았다. '야! 너두 할 수 있어!'

물론 지금은 회사를 다니지 않으니 회식할 일도 없고, 누군가를 미워할 일도 없다. 나는 점점 방구석 은둔자가 되어가고 있다. 누가 제발 한잔하자고 연락해주기만을 기다린다. 폭탄주 말던 내 모습이 너무 그립다.

폭탄주 말던 내 모습,
너무 그립다.

알바
어디까지 해봤니?

대학생 때부터 알바를 해왔던 알바 신동이 당신 가까이에 있습니다. 떡볶이집, 해물탕집, 뷔페주방, 전단지 돌리기, 결혼식 하객, 풍선 나눠주기, 올리브영 초콜릿 판촉, 방청객, 논술학원 데스크, 편의점, 마카롱집 등등. 지금은 국숫집에서 알바를 하고 있다.

알바를 한다고 해서 단순히 돈만 버는 게 아니다. 알바를 할 때마다 경험치가 쌓인다. 그렇게 경험이 쌓이고 쌓여서 만렙이 되고 싶다는 작고 소중한 꿈이 있다.

이 중에서 경험치 10점을 쌓은 건 하객 알바다. 결혼식은 가끔 가봤지만 하객 알바라는 게 있는지는 몰랐다. 그러다 우연히 구인사이트에서 신부의 친구 역할을 할 여성 10명을 구한다는 공고를 봤다. 신부대기실까지 들어가서 친한 척 연기를 해줘야 한단다. 순간 놀랐지만 뷔페를 제공해준다는 말에 바로 클릭!

친구를 시집보낸다는 마음으로 결혼식장에 도착해 다른 알바생들과 짝지어 다녔다. 드디어 우리 차례! 내가 결혼하는 것도 아닌데 심장이 쿵쾅쿵쾅거렸다. 처음이라서 그런지 말이 안 떨어지긴 무슨, 절친인 것처럼 수다도 떨고 사진도 찍었다. '예쁘다'라는 칭찬은 필수. 신부 눈빛이 살짝 흔들렸다. 아마 들키면 어쩌나 하는 불안감이겠지. 그래서 그런지 괜한 사명감(?)까지 들었다.

하객 알바를 한 번 하고 나면 업체에서 주기적으로 연락이 온다. 다섯 번 정도는 했던 것 같다. 어느 결혼식장은 하객이 없어서 친구뿐 아니라 친척 역할을 할 알바까지 30명을 불렀는데도 썰렁했다. 신부 하객석은 알바들이 다 차지했는데도 지독한 탈모에 걸린 것처럼 빈 자리가 채워지지 않았다.

또 다른 결혼식장은 사람이 미어터지는데 알바까지 불렀다. 서로 처음 보는데도 불구하고 하객 알바끼리 열심히 토론을 벌인 적이 있다. 이렇게 하객이 많은데 알바를 쓰는 것에 대해서. 역시

오지랖의 민족이다.

겉으로 티는 안 냈지만 정신이 번쩍 들었다. **사는 게 이렇게 치열한 건가 싶었다. 평소 베짱이의 마음으로 살던 나였기에 한 대 맞은 것 같았다.** 마음가짐은 늘 결혼 적령기라 여기며 살아왔는데 막상 결혼식에 대해선 생각조차 안 해봤다.

친구가 몇 없는 내 결혼식은 어떨지 아찔하다. 하지만 남자친구라도 있어야 이런 걱정을 하지 원. 앞으로도 계속 걱정할 일이 없을 것 같다.

편의점에서 알바를 했을 때도 적성에 맞았다. 물건 바코드 찍을 때 나는 '삐' 소리가 너무 경쾌하게 들렸다. 계산하는 것도 우리 조카랑 마트 놀이하는 것처럼 재밌었다. 이게 다 내 돈이라면 얼마나 좋을까 하는 잡생각과 함께. 물론 좋기만 한 건 아니다. 소위 말하는 진상 손님들도 있었으니까.

특히 주택가에 있는 편의점이라서 그런지 어르신 취객들이 많았다. 한낮에도 술에 취해 소주며 막걸리며 찾아대는 사람들. 물론 술을 좋아하는 나는 이해한다. 업체에서 제품이 오면 숫자 맞춰서 세어놓는 것도 재밌었다. 단 한 개의 어긋난 빵이라도 없어야 한다. 숫자가 맞을 때의 그 쾌감이란.

크리스마스에 쇼핑몰에서 했던 풍선 나눠주기 알바도 즐거웠던 기억 중 하나다. 크리스마스 옷과 모자를 쓰는 것만으로도 기분 전환이 됐다. 그러고 보니 그때도 남친이 없었구나. 그래서 구했던 크리스마스 알바였다. 풍선을 나눠줄 땐 어린아이들이 먼저 달라고 달려온다. 이렇게 적극적으로 가져가 주다니 몸 둘 바를 모르겠습니다.

그래도 나에게 도움이 됐던 일들이었다. 세상에 필요 없는 경험은 없으니까. 당장 덮쳐오는 불안감을 잊기 위해 눈앞에 있는 것만 보고 달렸더니 어느새 이만큼 왔다.

산꼭대기만 보고 올라가지 않았다. 바로 앞에 있는 나무들과 떨어진 잎들, 날아가는 새들을 보며 갔더니 덜 힘들었다. 올해도 내년에도 차근차근 가다 보면 그곳에 도착해 있을 것 같다. 다만 거기가 어디인진 나도 모르겠다.

결코 산꼭대기만 보고 오르지는 않았다.
바로 앞에 있는 나무들과 떨어진 잎들,
날아가는 새들을 보며 갔더니
오르는 게 덜 힘들었다.
올해도 내년에도 차근차근 가다 보면
그곳에 도착해 있을 것 같다.

3차 pm 11:51

제발 한 놈만
걸리게 해주세요!

난 당장 이 신호등을 지나가지 않으면 분명 지각할 것이라는 걸 안다.
초록 불이 깜빡거려서 금방이라도 빨갛게 변할 걸 안다.
그런데도 건너지 않고 멈췄다.
나 같은 지각 인생도 인생이다.

연애란 무섭다는 걸 알아도
타보고 싶은 놀이기구

많은 연애를 하진 못했지만 결혼으로 이어지지 않았으니 주구장창 연애만 했다고 볼 수 있겠다. 한국말은 어렵게 꼬아도 한국말이라서 좋다. 보통의 연애가 그러듯 썸타고, 연애하고, 결혼하고, 아기 낳고, 키우다 그렇게 노인이 되고, 임종하고. 아, 너무 멀리 갔나?

썸타는 단계에서부터 영어유치원 알아보고, 남자 성씨에 어울리는 예쁜 이름은 뭘까 자식 이름도 미리 지어보고. 그렇게 임종까지 생각하게 되는 나. 삑! 정상입니다.

다들 이런 생각 기본으로 하는 거 아닌가요?

겉으론 절레절레 고개를 저어도 속으론 나 같은 사람이 훨씬 더 많다는 걸 알고 있다. 인간은 원래 앞으로 나아가도록 설계되어 있으니까.

워낙 무식해서 태초에 인간이 어쩌고저쩌고 탄생설까지는 자세히 몰라도 인간은 본래 성장하도록 만들어졌다는 건 안다. 그러니 생각이 꼬리에 꼬리를 물고 늘어지는 건 내장된 DNA의 활용일 뿐이다.

내 연애는 늘 김칫국 먼저 마시는 식이었지만 나름의 재미도 있었다. 미래를 알 수 없어서 불안했지만 또 그만큼 행복했다. 이게 무슨 뜨거운 아이스커피 같은 말도 안 되는 문장인가 싶겠지만 분명 말이 된다.

원래 연애가 이런 거 아니겠는가. 꼭 롤러코스터 탄 것 같다. 무섭다는 걸 알아도 타보고 싶은 놀이기구 같은 것. 옛말에 이성에 빠지면 부모님도 몰라본다고 하던데… 물론 그런 경우까지 가보지는 않았다. 아주 뜨겁진 않았지만 적당히 뜨거웠다.

연애 기간에는 평균이 없는 것 같다. 나처럼 짧은 연애를 반복하는 사람들도 있고, 말 그대로 장기연애만 하는 사람들도 있다.

그 끝은 무척 다양하다. 3개월 만에 결혼하기도 하고, 10년을 만나다가도 이별을 한다.

어떨 때는 짧은 연애만 하는 나한테 문제가 있나 자책하기도 했다. 나노 단위로 분석을 해보면 작은 원인이라도 찾을 테지만 그러지 않기로 했다. 아름다운 단어인 자아 성찰을 그렇게 소비하고 싶지 않다. 이것도 나의 한 모습이니까.

티끌 모아 태산을 만들어볼 참이다. 짚신도 짝이 있다는 흔해 빠진 말이 고마울 때가 있다. 바로 나 같은 사람들이 희망을 품으라고 만들어진 말이 아닐까 싶다. 짧았던 연애들일지라도 그 순간만큼은 사랑했으니 됐다.

연애를 시작할 땐 상대방이 뭘 좋아하는지, 뭘 싫어하는지 관찰하고 기억하려고 애를 쓴다. 맛있는 음식도 먹으러 가고 듣기 좋은 말을 해주려고 한다. 지금은 그걸 나한테 하고 있을 뿐이다. 나는 나를 더 많이 알아가고 있다. 최저임금 인생이라도 늘 바빴고 나를 신경 쓸 겨를이 없었다. 지금에서야 조금 여유를 찾았다고 할까.

직장 다닐 땐 점심시간이 되면 내가 먹고 싶은 것보다는 동료들이 먹고 싶은 음식을 먹으러 갔다. 지금은 오로지 내가 먹고 싶은 음식을 먹는다. 면 음식 중에서는 라면을 가장 좋아하는 줄 알았는데 쌀국수랑 당면을 더 좋아하더라. 직장생활할 땐 카페 음악 소리도 머리가 아파 듣기 싫었는데 지금은 노랫소리가 그렇게 즐겁게 들린다. 물론 혼자인 시간이 많아지면서 알고 싶지 않은 내 모습까지도 알게 되지만 그게 싫지만은 않다.

지금도 나중에도 나를 가장 많이 아는 사람이 나였으면 좋겠다. 나랑 연애를 끝내는 날 비로소 다른 사람을 온전히 사랑하게 될 수 있을 것 같다.

연애의 끝은 이별이 아니다. 연애의 끝은 없다. 왜냐하면 연애는 평생 해야 하기 때문이다. 상대방과 하든 나와 하든 그저 사랑하는 대상이 바뀔 뿐이다. 가끔 우리는 감정을 숨기며 관계를 이어가기도 한다. 그런데 꼭 그래야만 할까? 사실 사람들은 멈춰야 할 때를 잘 모른다. 아니 모른 척한다.

난 당장 이 신호등을 지나가지 않으면 분명 지각할 것이라는 걸 안다. 초록 불이 깜빡거려서 금방이라도 빨갛게 변할 걸 안다. 그런데도 건너지 않고 멈췄다. 나 같은 지각 인생도 인생이다. 이왕 늦은 거 여기도 가보고 저기도 가볼 참이다. 조금 지각하더라도 괜찮다. 다시 신호등 색이 바뀔 때 멋지게 건너가 주겠다.

넌 왜 안 뛰어?
나 같은 지각 인생도 인생이지.
이왕 늦은 거 여기도 가보고 저기도 가볼 참이야.
조금은 지각 인생이더라도 다시 신호등 색이 바뀔 때 멋지게 건너가 주겠다.

결혼이란
밤 12시에 생각나는 라면

내 인생의 갈림길은 몇 개일까? 확실한 건 남들보다는 갈림길 앞에 서는 일이 적었다는 점이다. 인생의 대소사를 결정해야 하는 순간이 몇 없었다는 뜻이기도 하다. 그렇다고 잔잔한 삶은 아니었는데 중요한 사건들은 잘도 피해갔다. 아니, 아직 오지 않은 걸지도 모르겠다. 웃어야 하나, 울어야 하나. 어쨌든 늘 애매한 경계선에서 줄타기하는 것 같다.

자식 문제 앞에서는 속이 좁아지고 급해지는 게 부모 마음이

던가. 역지사지를 해보려고 해도 내 머리론 불가능이다. 솔직히 말해 노력조차 해보지 않았다.

서른 살이 넘어가면서 결혼에 대한 부모님의 잔소리는 백색소음이라 여겼다. 처음만 불편하지 단련되면 내 삶이 잔소리가 되고 잔소리가 내 삶이 되어버린다. **귀가 두 개 달린 이유가 있다. 한쪽으로 듣고 한쪽으로 흘리라는 뜻이다.**

나 같은 노처녀들이 한 번씩 맞닥뜨리는 의문점이 있다. 얼굴도 이만하면 됐고, 키도 이만하면, 성격도 이만하면…. 그런데 뭐가 문제인 거냔 말이다. 자신을 과대평가하고 있다는 점은 일단 생략하기로 하자.

아무리 찾아봐도 나한텐 문제가 없어 보이는데. 그렇다면 결혼을 못 한 게 아니고 안 한 거라는 결론이 나온다. 1년에 두 번 잔소리 주간인 명절이 되면 늘 이런 생각들로 가득 찬다. 평소에는 이러나저러나 아무 걱정 없는 맑은 정신의 소유자다.

나에게 결혼은 꼭 밤 12시에 생각나는 라면 같은 거다. 야식으로 샐러드를 먹는 것만큼 허탈한 일도 없다. 무조건 라면이어야 한다. 몸에 안 좋은 걸 알지만 꼭 먹어봐야 직성이 풀리는 그런 음식. 야식은 먹어도 후회되고 안 먹어도 후회된다. 결혼도 마찬가지다.

남자친구도 없는 주제에.
그래도 김칫국은 항상 맛있다.

해도 후회고 안 해도 후회가 된다는 결혼 선배님들의 유언(?)
처럼. 그래서 결혼하면 좋을 것 같다가도 왠지 골치 아플 것 같기
도 하다. 아, 지금 이런 고민은 내 분수에 맞지 않다. 남자친구도
없는 주제에. 그래도 김칫국은 항상 맛있다.

지금은 부모님의 빠른 포기로 결혼이라는 단어를 무척 드물게
듣는다. 이렇게 되기까지 참 많은 고난과 역경을 이겨냈더랬지.
20대 후반에는 정말 머리가 지끈거렸다. 회식하고 늦게 들어오
는 날이면 아버지는 말씀하셨다. 남자친구 있냐고. '네'라는 대답
을 원하셨을 테지만 언제나 나의 대답은….

결혼이라는 건 상상으로 많이 해봤다. 그만큼 이혼도 수없이
했다. 현실 세계에서는 이룰 수 없기에 못해본 것에 대한 로망이
라고나 할까. 결혼식과 신혼생활의 기본 지식은 드라마로 배웠
다. 거기에 나의 감수성이 더해지면 이보다 더 완벽한 결혼은 없
다. 그러나 이것도 20대 시절 그리던 그림일 뿐이다. 오히려 지금
은 밥그릇 걱정이 더 앞선다. 먹고사는 일, 내 몸 하나 먹여 살리
는 일. 지금은 지독한 현실에서 살고 있다.

가장 큰 문제는 결혼에 대한 노력도 시도도 간절함도 없다는
점이다. 나는 문제라고 생각하지 않는데, 나 빼고 다들 이게 문제라

고 하니까 문제가 되어버렸다. 그냥 흐르게 놔두면 알아서 갈 길 가는데 말이다.

그렇게 흐르다가 돌멩이도 만나고, 올챙이도 만나고, 나무토막도 만나다가 웅덩이에도 빠지고. 또다시 흐르고. 어느새 이만큼이나 왔다며 자축이나 하면 될걸.

인간은 어쩌면 정신력보다 시각이 더 강한 듯하다. 보이는 게 전부라고 착각하게 만든다. 그래서 사람들이 그렇게 정신력을 키우려고 애쓰는가 보다. 시각을 키운다고 하는 사람은 들어보지 못했다. 아무리 날고 기어도 지금의 내 모습은 여전히 결혼 못한 노처녀로 보이겠지?

그래서인지 몰라도 이젠 잔소리라도 덜 해주시는 부모님이 그렇게 멋있어 보이더라. 우리 부모님도 애를 많이 쓰셨다. 결혼이라는 잔소리를 포기하기 위해 얼마나 많은 잔소리를 하셨던가. 표현에 어색한 가족이지만 오늘만큼은 고마움을 전해야겠다. 치킨 배달시켜서 닭 다리는 부모님께 모두 양보해드려야지.

소개팅할 때마다 외치는
한마디

몇 안 되는 친구들이 무척이나 소중할 때가 있다. 소개팅을 시켜
줄 때마다 이러는 게 아니다. 커플 데이트가 유행했던 시기에는
친구가 다리를 놔줬다. 소개팅의 꽃은 뭐니 뭐니 해도 장소라고
주장하는 사람이다. 쉽게 말해 먹는 게 남는 거란 이야기다. 소개
팅의 공식 메뉴인 파스타 따위는 먹으러 간 적이 없고 무조건 술
안주가 맛있는 곳으로 간다. 그러곤 항상 외친다.

"여기 소주 주세요."

상대방의 의사는 물어보진 않는다. 어차피 혼자라도 마실 거니

까. 그래서 그런 걸까. 소개팅을 해서 잘된 적이 거의 없다. 마음 맞는 게 쉽지 않더라. 술 때문에 그런 거라곤 생각하지 않는다. 인연이 아니었을 뿐이다. 원래 패배자는 핑계가 많다.

이렇게 된 거 핑계 하나 더 대자면 분위기는 항상 좋았다. 첫 만남에도 친구처럼 마셔대는 친근감이 무기인데, 정말 무기가 되어버렸다. 무기에 찔려 화들짝 놀란 상대방을 다신 볼 수 없었다.

지금은 예전보다 소개팅 들어오는 횟수가 적어졌다. 아니 적어진 게 아니라 전멸이다, 전멸! 그래서 이젠 노선을 바꿨다. 바로 자만추. 자연스러운 만남을 추구한다는 뜻이다. 그렇게 1년, 2년, 3년이 흘렀다. 자만추 그거 10년 안에 할 수 있는 건가요?

소개팅 자체보다는 새로운 사람을 만나러 간다는 게 설렜다. 무조건 사귀겠다는 마음으로 나간 게 아니어서 그런 걸까. 간절함이 보이지 않았나 보다. 그렇다고 가볍게 생각한 건 아니었는데 정말 머릿속을 비워도 너무 비웠던 걸까. 그간 저와 소개팅했던 분들에게 심심한 위로를 전합니다.

지금은 남자를 만날 방법이 없다. 회사 다닐 때도 회사와 집만 왔다 갔다 했지만, 지금은 그마저도 못하고 있다. 오직 집, 집, 집이다. 이젠 내가 적극적으로 소개팅을 해달라고 부탁하고 다닐

제발 한 놈만 걸리게 해주세요!

지경이다.

친구들은 결혼하고 아기 키우느라 바빠서 노처녀 친구가 늙어
가든 말든 신경도 못 쓰지만 희망회로는 매일 돌아가고 있다. 하
지만 소개팅 나오는 여자가 서른일곱 살이라고 하면 이미 서류
에서 탈락이다. 액면가는 자신 있는데 만남 성사 자체가 어려워
졌다.

운명의 상대를 만나면 찌릿하게 전기가 온다는데… 그 느낌이
뭔지 궁금하다. 이건 누가 대신해서 풀어줄 수 없는 문제다. 그렇
다고 내가 풀 수 있을 것인가? 그건 또 자신이 없네.

원래 결혼은 사랑하는 사람이랑 하는 게 아니라 결혼할 시기에
옆에 있는 사람과 한다고 했다. 그런데 난 평균적으로 말하는 결
혼 적령기도 이미 한참 지났네. 이런 말도 저런 말도 소용이 없는
독한 인생이다. 쓰다, 써.

소개팅에 나오는 상대방 얼굴을 보면 대략적인 성격이 예상된
다. 사람을 잘 볼 줄 몰라서 아직 혼자인 주제에 할 말은 아니지
만 느낌이 온다고 해야 하나. 미래에 내 남자친구가 될지도 모르
는 사람이니까. 그럴 땐 영혼까지 끌어모은 레이더가 발동한다.
그 사람의 주름 하나, 미소 하나, 밥 먹는 습관 하나일 뿐인데 과

거가 투사되는 느낌은 뭐지?

그렇다고 신기가 있는 건 아니다. 어른들이 어린 학생을 볼 때면, 될성싶은 나무는 싹이 보인다고 하지 않나. 그게 무슨 느낌인지 알 것 같기도 하다. 나도 곧 내 얼굴에 책임을 져야 하는 나이가 다가온다. 유독 소개팅에서는 입이 찢어져라 웃고 싶은 이유다. 내가 상대방에 대해 짐작하는 것만큼 상대방도 나에 대해 무언가 짐작할 게 뻔하니 말이다.

소개팅이란 게 어쩔 수 없이 외적인 면을 먼저 보게 된다. 그러다 대화가 통해야 애프터라도 신청할 텐데. 이놈의 인생은 소주로 대동단결이니 원.

아직도 결혼이 급하지 않으면 과연 몇 살이 되어야 조급해질까? 그렇다고 비혼주의자는 아니다. 좋은 사람을 만나면 자연스럽게 결혼도 하고 싶다. 좋은 사람이란 기준도 사실 모호하다. 어쨌든 현재로선 마냥 지금 이대로가 좋을 뿐이다. 노처녀들이 하는 핑계 같지만 정말 지금이 좋다.

그래도 소개팅이 들어온다면 당장 뛰쳐나갈 각오는 되어 있다. 그땐 또 외치겠지. 소주를 달라고. **그날은 평소와 달리 기도를 하고 나갈 것 같다. 한 놈만 걸리게 해달라고.** 무교인 나도 이때만큼은 기도발을 믿고 싶다.

난 이왕이면
귀여운 방울토마토로 자랐으면 좋겠다

"보여줄게 완전히 달라진 나. 보여줄게 훨씬 더 예뻐진 나!"

여성들의 자신감을 충전시켜줬던 에일리의 노래 가사가 새해만 되면 머릿속에 맴돈다. 이별 후 노래라지만 이별하지 않았어도 나에겐 이 노래가 의미 있게 다가온다. 세상에 이전과는 다른 나를 보여주겠다는 선전포고로 들려서다.

이별할 일이 있어야 이별을 할 텐데. 그래서 내가 아직도 달라진 나를 보여주지 못한 걸까? 알고 있다. 이런 핑계를 대기엔 어리지 않다는걸. 내일모레면 자신의 얼굴에 책임질 나이가 된다는걸.

누구에게나 온다는 인생의 전환점이 나에게도 몇 번 찾아왔던 듯싶다. 확신은 할 수 없다. 그때마다 특별히 새사람이 된다고 느껴지지 않아서일까. 드라마처럼 인생의 고비를 겪고 한순간에 개과천선한다는 건 쉬운 일이 아니다. 그런데도 앞으로 나아가고 있는 걸 보면 잘 살아가고 있나 보다.

나에게 거는 기대치가 낮은 건 나뿐만이 아니다. 우리 가족도 그렇다. 앞으로 반걸음만 나아가도 큰 변화고 성공이었다. 부모님은 내게 어떻게 살아야 한다고 주입하거나 무조건 해야 한다는 식의 강요를 한번도 하지 않으셨다. 물론 결혼 이야기는 빼고. 한 문장으로 정리해서 말하자면 '네 인생 네 마음대로 살아라'였다. 물론 거기에 따르는 책임도 다 내 몫이었고.

가끔 혼자 걷는 게 힘겨울 때가 있다. 나 혼자서 뭘 할 수 있을까? 내가 세상에 뭘 보여줄 수 있을지 고민도 해봤다. 누구나 겪는 성장통처럼. 성인이 돼서도 매해 혹은 매달 성장통이 찾아온다. 모든 것은 양면이 있다. 나에 대한 기대가 없는 대신 실망도 드물게 찾아온다. 이런 점이 어느 날엔 좋았고 어느 날엔 싫었다.

지금도 부모님의 자식 농사 방법은 변함이 없다. 난 벼로 자란 건가, 옥수수로 자란 건가? 싹은 틔웠는데 어떤 존재로 살아가게 될지 아직도 명확하지 않다. 다만 분명한 건 특별함을 바랐다는 점이다. 나는 남들보다 무조건 특별한 존재여야 한다는 생각. 어릴 적 공주 옷 입고 진짜 공주가 됐다는 착각에 빠진 것과는 다르다. 생각해보면 혼자서도 충분히 잘해나가고 있는데, 특별함이란 단어에 얽매여 있었던 것 같다.

혼자서 밥도 잘 먹고 술도 잘 마신다. 혼자서 영화 보는 건 식은 죽 먹기다. KTX가 닿는 곳이라면 전국 어디든 혼자 다니며 여행도 즐길 수 있다. 뉴스에서도 언제부터인가 1인 가구가 증가했다고 떠들어대고 관련 마케팅도 쏟아져 나온다. 세상이 이렇게 조금씩 또 달라지는구나 싶다.

물론 아직도 혼자라는 게 어색한 사람들 혹은 혼자서는 아무것도 못하는 사람들이 있다. 혼밥을 못해서 차라리 굶고 만다는 이들도 많다. 나이 불문이다. 혼밥을 할 수 있어야만 성공한 삶이라는 뜻으로 하는 말이 아니다. **누군가에게 의존하지 않고 홀로 서 있을 줄 알아야 비바람에 쓰러져도 다시 일어날 반동이 생긴다는 뜻이다.**

나는 혼자 지내고 있지만, 그렇다고 세상에 혼자 떨어진 외톨이는 아니다. 정말 나 혼자였다면 오히려 사람들과 어떻게든 어울리려 했겠지. 혼밥이나 혼술을 할 바에는 안 먹고 만다는 자존심 내지는 객기를 부렸을지도 모른다.

난 이왕이면 동글동글 귀여운
방울토마토로 자랐으면 좋겠다.

나에겐 가족이 있고 몇 안 되지만 친구도 있다. 나에게 안 좋은 일이 생기면 연락할 지인도 있다. 뭐, 단 한 명뿐이지만. 어쨌든 해외여행을 가는 것도 돌아갈 집이 있으니 더 재밌는 법 아닌가? 그래서 즐겁게 여행하고 왔어도 집으로 돌아오면 '역시 집이 최고'라는 말이 절로 나오는 거다.

'특별함'이라는 단어를 버리니 한결 가벼워진 내가 보인다. 잎사귀들에 엉켜 있던 진흙들을 걷어내고 쑥쑥 클 시간만 남았다. **사랑에 나이가 없는 것처럼 새로 시작하는 것에도 나이가 없다.** 난 이왕이면 동글동글 귀여운 방울토마토로 자랐으면 좋겠다.

하루 종일 맑음

내가 가장 좋아하는 금요일이 왔다. 금요일이 왜 좋은 걸까? 뭔가 자유를 상징하는 요일 같고 모두가 일명 '불금'을 즐길 것 같아서 다. 주말 근무하던 직장인 시절에도 금요일만 되면 괜스레 기분이 좋았다.

　사실 지금은 월화수목금토일 조용한 방구석에 틀어박혀 있다. 이렇게 집에만 있어도 유독 금요일이 좋다. 이유는 모르겠다. 금요일에 유독 약속이 많았기 때문일까?

그때의 즐거움이 아직도 생생하다. 특히 직장인 시절 여행을 갈 때는 금요일 저녁 퇴근 후 바로 KTX를 타고 떠나버렸다. 아침에 여행 갈 짐을 챙겨 나올 때의 힘겨움은 잠시일 뿐 퇴근 시간만 기다리며 발을 동동 굴렀다.

금요일에 해야 할 일을 전날에 미친 듯이 미리 해치워놓기도 했다. 금요일엔 들떠서 집중이 되질 않으니 그렇게라도 하지 않았다면 아마 금방 잘렸을 거다.

지금은 사실 매일이 금요일이어서 특별함을 느끼지 못한다. 그런데도 나는 금요일, 아니 하루하루가 좋다. 하루가 쌓여 1주일이 되고, 한 달이 쌓이면 6개월이 되고, 그렇게 계속 맑은 날들을 보내고 있다. 늘 맑기만 하면 재미없다고 하던데 그러면 또 어떤가. 나는 여전히 하루하루가 맑았으면 좋겠다.

문득 떠올려보는 연애 시절엔 오히려 지금처럼 맑기만 하지 않았다. 마치 롤러코스터를 탄 것처럼 하루에도 심장이 몇 번이고 쿵쾅댔다. 좋은 쪽으로든 나쁜 쪽으로든 말이다. 일명 나쁜 남자를 좋아하는 사람들도 있지만 나는 평온한 게 좋았다. 호수 같은 연애 말이다.

남자친구를 사귀고 난 후엔 누가 먼저 다가간 것인지도 생각나지 않았다. 내가 먼저 꼬셨냐? 네가 먼저 꼬셨냐? 항상 유치한 다툼을 하지만 늘 웃음으로 마무리되었다. 같은 상황을 두고 기억하는 게 이렇게나 다르다니. 그래도 마음은 항상 따뜻했다.

친구들이 가끔 묻곤 했다.
"너 지금 남자친구랑 결혼할 거야?"
내 대답은 항상 "아니."였다.
결혼하기 싫은 것도 아니고 남자친구가 싫은 것도 아니다. 다만 내 인생에 결혼이라는 단어가 없을 뿐. 결혼은 왠지 나에겐 어울리지 않는 옷 같았다. 사귀었던 남자친구들은 항상 결혼이라는 단어를 먼저 꺼냈다. 그때마다 난 갸우뚱거릴 뿐이었다. 정말 결혼에 대한 필요성을 느끼지 못했다.

사실 지금도 그렇다. 나이는 마흔이 되어가는데 결혼의 필요성을 못 느낀다는 게 아이러니하게 들릴지도 모르겠다. 좋은 사람이 나타나면 결혼하겠다는 마음은 변함없는데…. 그렇다고 만났던 남자친구들이 좋은 사람이 아니었던 건 아닌데 말이지. 하, 이게 무슨 말장난인가.

연애의 끝은 뭘까? 결혼이 연애의 끝일까? 혹은 이혼이 끝일까? 잘 모르겠다. 그냥 나는 오늘도 나아가고 있을 뿐이다. 결혼에 목매지 않고 숨 쉬고 있는 평범한 대한민국의 노처녀 되시겠다. 대한민국에서 노처녀로 살아간다는 것만으로도 이미 평범하지 않지만, 그 또한 생각하기 나름이다.

결혼에는 다 '때'가 있다고들 한다. 내가 결혼하고 싶을 때 옆에 누군가 있으면 그 사람이랑 하는 거라고. 정말 좋아하는 사람이랑 결혼하는 건 극소수라고 하던데 말야. 결혼 선배님들, 정말 그 말이 맞나요?

이제 조금씩 결혼이라는 걸 생각하기 시작했다. 어릴 적 동화 같은 결혼 이야기는 보석상자에 넣어두고 이젠 현실을 바라본다. 예전처럼 지금도 누군가가 다가오면 함께 맑은 하루를 보내는 것. 그걸 정말 하고 싶다. 그날들이 쌓여서 우리가 되어가다 보면 매년 함께 걷고 있을지도 모르겠다.

집 근처 호수공원 산책을 하다 보면 손을 잡고 다니는 노년의 할머니와 할아버지를 보게 된다. 그런 모습을 정말 자주 본다. 50대에도 사랑을 하고, 60대에도 사랑을 하고, 우리는 죽기 직전까지 사랑을 하다 떠나게 만들어져 있나 보다.

그래서 서두르지 않는 것인지도 모르겠다. **나의 40대에도 분명**

사랑이 올 것 같다. 그런데 또 50대에도 사랑이 올 것 같은데… 어떡하지?

누군가 내 옆에 있어도 있지 않아도 늘 맑은 하루를 보내고 싶다. 내가 걸어가는 길에서 누군가를 만나 추억을 쌓다가 헤어지고. 또 내 길을 걸어가다 만난 누군가와 골목길로 내디뎌보기도 하고. 그냥 흘러가는 대로 내 발길 닿는 대로 놔두고 싶다.

아침부터
중매하라는 소리

'쿵!' 이건 방문 닫는 소리가 아니라 심장이 내려앉는 소리다. "중매하라고요? 중매?" 처음 들어보는 중매라는 단어에 정신이 나간 걸까? 서른일곱 살 딸은 아직도 소개팅 타령을 하고 있는데 아버지는 중매라는 말을 아무렇게나 던지셨다. 이상할 게 없는 단어인데 혼자만 낯설어한다. 참 주책이다.

중매라는 게 그리 이상한 단어는 아니다. 결혼을 목적으로 한 남녀가 누군가의 도움으로 소개받는 것일 뿐. 그런데 나는 왜 이렇게나 어색하지? 정신에 문제가 있는 건가, 마음에 문제가 있는 건가, 아니면 그냥 내가 문제인 건가.

어쩌면 내 미래의 남편은 태어나지도 않은 게 분명하다. 이생에선 만날 수 없는 신기루 같은 존재.

아침부터 중매라는 단어에 충격받고 한잔했더니 하루가 순식간에 지나버렸다. 소개팅이라는 단어만 사용하셨어도 이런 기분은 아니었을 텐데. '아 다르고 어 다르다'는 말 1,000퍼센트 동의한다.

비록 취해서 하루를 통으로 날렸지만 기억하고 싶지 않은 것들을 잘 삭제할 수 있다면 얼마나 좋을까. 사라졌으면 하는 기억들을 밥통에 넣고 취사선택을 자유롭게 하면 좀 더 맛깔난 인생이 될 것 같은데 말이다. 그래도 아버지에게 딱 잘라 답했다. 절대 안 한다고. 아직도 딸내미는 자연스러운 만남을 추구하고 싶다고요.

어릴 적엔 힘든 일이 있으면 어른들께 도움을 요청하라고 배웠다. 성인이 돼서도 도움받아야 하는 상황이 생기면 부탁하기도 한다. 결혼도 혼자 힘으로 어렵다면 남의 도움을 받아야 하는데 그것만은 정말 피하고 싶다.

도와주고 싶다는 사람이 몇 있었다. 가끔 소개팅을 했지만 즐거운 술자리 그 이상도 그 이하도 아니었다.

3차 pm 11:51
제발 한 놈만 걸리게 해주세요!

아버지, 미래의 제 남편은
아직 태어나지도 않은 게 분명합니다.
이생에선 만날 수 없는 신기루 같은 존재요.

어쩌면 사람이 두려운 게 아닐까? 내 영역에 들여놓아야 하는 사람과의 관계 말이다. 너와 내가 '우리'가 되면 참 좋을 텐데. 나는 나에서 자꾸 멈추게 된다. 내가 또 다른 누군가와 함께 걷는 건 나에겐 아직 어색한 장면이다.

겉으로는 좋은 남자 소개 좀 해달라고 떠들고 다니지만 막상 소개가 들어오면 또 멈칫한다. 짧은 지식을 토대로 설명해보자면 이건 '회피성 어쩌고저쩌고'라는 병이 아닐까 싶다. 대인기피증은 없는데 남자와의 관계에서는 답이 안 나온다.

한번은 미래가 안 보여 두려웠던 적이 있다. 인간으로서 해야 하는 필수적인 기초 생활만 하고 나머지 시간은 방구석에 처박혀 지냈다. 우울하다는 게 이런 기분인 건가 싶었다. 그렇게 며칠을 방구석에서 상상의 나래를 펼치다가 갑자기 방문을 열었다. 배가 고팠다. 인간은 참 단순하게 만들어져서 얼마나 다행인지 모른다.

그러고 보니 며칠 사이 제대로 된 쌀을 먹어보질 못했다. 뜨끈한 된장국에 밥 말아 먹으니까 온몸에 피가 돌면서 미래 걱정 따위에 맞설 수 있는 근자감이 생겼다. 말 그대로 근거가 없어서 생기는 자신감이다. 근거가 있는 자신감이었다면 근거가 사라지는 순간 자신감도 사라져버릴 테지.

그렇게 또 평범한 일상을 보내고 가끔 찾아오는 외로움과 함께 지내다가 다시금 일상을 살며 무한궤도를 떠돈다. 아침마다 듣기 싫었던 모닝콜이 지금은 그렇게 반가울 수가 없다. **아버지의 중매하라는 소리로 잠에서 깨어난 적 있는 노처녀만 이해할 수 있는 일일 테지.**

인정! 이 쉬운 걸 못해서 많이도 돌아왔다. 지금은 인정했다. 이 모양 이 꼬락서니인 것에 대해. 중매하라는 말을 듣는 나이가 됐다는 것에 대해. 인정하니까 마음이 한결 가볍다. 더는 인상 쓰며 고민하지 않아도 된다.

하지만 한 가지 포기할 수 없는 건 매년 동안童顔이라는 말을 수도 없이 듣던 내 모습이다. 내년에도 놓칠 수 없다. **미래 걱정하다가 주름살이라도 생겨버리면 나만 손해다. 일단 내가 지킬 수 있는 건 다 지켜보기로 했다. 주름살 안 생기게 하는 것부터 시작이다. 주름살과 나의 미래가 무슨 상관이 있겠냐 싶겠지만 무척 상관있다. 깜짝 놀랄 정도로 무식하게 지켜내고야 말겠다.**

꽃길 인생

어느 순간부터 카페인이 받질 않았다. 달콤하면서도 쓰디쓴 인생의 맛을 닮은 커피를 매일 마시던 때가 있었는데. 사실 습관이 되어서 마셨던 건지도 모르겠다. 이제 그 습관도 떠나보낸 지 몇 년 되었다. 지금은 한 달에 한 번 정도 가장 좋아하는 카페에서 가장 좋아하는 커피를 시키는 걸로 만족한다.

차가운 오트라테에 우유아이스크림 토핑을 얹으면 하루쯤은 굶어도 상관없을 것 같다. 한겨울이어도 이건 포기할 수 없다. 가장 큰 사이즈로 시키기 때문에 밤에 못 잘 걸 알지만 그래도 유혹

제발 한 놈만 걸리게 해주세요!

을 뿌리치지 못한다. 그러곤 꼬박 밤을 새운다. 그럴 줄 알고 일부러 아침에 마시지만 소용없더라.

밤이 되면 졸음이 쏟아져 이불 속으로 들어가지만, 눈을 떠도 눈을 감아도 상태는 똑같다. 이 짓을 한 달에 한 번은 꼭 반복한다. 알면서도 카페인을 삼키는 바보 같은 모습이 우습다. 원래 인생이란 게 망할 걸 알면서 불구덩이에 들어가기도 하는 것 아닌가. 그게 마음의 소리고, 마음의 소리는 도통 외면하기 힘드니까. 주변 사람들이 말려도 소용없다. 그럴 때 보면 귀는 왜 달려 있고 머리는 왜 있는 건지 잘 모르겠다.

모두가 바라는 꽃길 인생은 어쩌면 신기루가 아닐까? 누가 한 말인지 알 수는 없지만, 꽃길만 걸으라는 말이 한때 유행했었다. 지금도 여전히 이 말은 노처녀 가슴을 설레게 한다.

어쩌면 우리는 항상 꽃길만 걸을 수 없는 모양이다. 그래서 말이라도 한번 해보는 것 아니겠는가. 산이 높으면 계곡도 깊고, 빛이 밝을수록 어둠도 짙은 법이라 했다. 누구나 걷는 게 꽃길이었다면 위성에서 본 지구는 알록달록 단풍색이었을 거다.

인생의 장애물을 만났을 때 반드시 이겨내야 할 이유는 없지만 포기해야 할 이유는 많다. 100가지를 말하라고 해도 할 수 있을 것 같다. 오르락내리락하는 인생을 살다 보니 얼떨결에 이만큼이나 살아버렸다.

눈 깜짝할 사이에 세월이 갔다는 말이 점점 이해되려고 한다. 잠시 눈 깜짝했다 떠보니 30대였다. 다시 눈을 감았다 뜨면 40대가 되어 있겠지.

'인생의 황금기'라는 말이 있다. 언제 나에게 찾아올지는 아무도 모른다. 이미 왔다 가버린 사람들도 있을 것이다. 모두가 아는 연예인을 생각하면 더 쉽게 이해된다. 한때 최고의 자리에 올랐던 연예인, 그들 모두 다시 내려왔다. 높이 올라가면 갈수록 내려가야 할 길도 가파르다. 물론 예전의 그 명성을 되찾아 유지하는 연예인도 있다. 하지만 그건 올라갔다 내려와야만 얻을 수 있는 명성이다. 우리라고 다를 것 없지 않나?

그러고 보면 인생의 황금기가 일찍 찾아온다고 좋을 것도 없다. 무엇이든 유지하는 게 가장 어렵다고 했다. 인생의 황금기도 마찬가지다. 황금기를 얼마나 길게 유지할 것인가 혹은 황금기에서 얼마나 잘 내려올 것인가. 고민스러운 문제다.

인생 참 울퉁불퉁하게 생겨 먹었다.

이럴 거면 차라리 드라마가 나은 듯싶기도 하다. 드라마에서는 늘 위기가 찾아오고 그럴 때마다 짠하고 멋지게 해결하던데. 내 인생의 드라마는 계속 위기만 있는 것 같다. 지금 난 몇 화를 찍고 있는 걸까?

요즘은 B급 드라마라 해도 재미만 있으면 다음 회차가 기다려진다. 희망 고문이라도 있어서 얼마나 다행인지 모른다. 그렇게 몇 번의 회차가 지나가면 언젠간 꽃길도 찾아오겠지. 아니다. 차라리 내가 먼저 꽃길을 찾아 나서면 된다.

어쩌면 우리는 마지막 꽃잎 하나를 즈려밟기 위해 수많은 돌길을 걸어가고 있는 건지도 모른다. 도저히 꽃이 필 수 없는 환경이라면 일단 환경을 먼저 가꾸면 된다. 좋은 흙을 구해서 땅에 물을 주고 햇빛도 빌려오고 씨앗도 얻어오고. 그렇게 합이 잘 맞으면 언젠간 잎을 터뜨릴 테니까.

하, 내 인생 참 꽃 같네!

어쩌면 우리는 항상 꽃길만 걸을 수 없으니
말이라도 한번 해보는 것 아니겠는가.

도망가봤자
거기서 거기!

답이 없다. 인생에서 도망치고 싶을 때는. 회사나 친구들에게서 도망치고 싶을 땐 퇴사를 하거나 잠시 핸드폰을 꺼두면 된다. 하지만 인생에서 도망치고 싶다면 그건 해결 불능이다. 내 인생인데 내가 사라져버리면 정말 큰일 난다.

나는 말보다는 행동이 앞서는 편이어서 홧김에 무언가를 시작하지만, 홧김에 무언가를 그만둘 때가 많았다. 그러나 딱 하나, 내 인생을 내팽개치고 싶지는 않더라.

어릴 때부터 악바리라는 말을 가끔 들었다. 힘든 일이 생길 때면 유독 악바리 근성이 올라왔다. 그걸 보곤 친구들이 독하다고 놀리곤 했다. 하지만 친구들아, 잘못 봤다. 그건 악바리가 아니라 책임감이었다.

도망가봤자 어차피 거기서 거기라는 걸 안다. 나 역시 도망치고 싶을 때도 있었고, 그럴 때면 잠시 숨기도 했다. 그렇게라도 하지 않으면 쌓이고 쌓여서 꼭 탈이 나기 때문이다. 그게 내가 정신을 회복하는 방법이다.

내 경우 숨어봤자 별거 없다. 그냥 평소보다 잠을 많이 잔다. 눈을 감았다 뜨면 다시 새로운 하루가 시작되고 뭔가 바뀌어 있을 것 같은 기대감이 생긴다. 그렇게 하루 이틀, 1주일 폭 늘어지면 다시 시작할 수 있는 용기가 생긴다.

초등학생이 된 조카가 첫 겨울방학을 맞았다. 영화관에서 조카의 인생 첫 영화를 같이 봤다. 이 나이에 〈장화신은 고양이 : 끝내주는 모험〉을 보게 될 줄이야. 영화 끝날 때까지 팝콘이나 먹으며 좀 졸아야겠다고 생각했는데 의외로 재밌어서 끝까지 봤다. 기대감이 없어서 그랬나 보다.

어린이 영화가 늘 그렇듯 교훈이 적어도 서너 개쯤은 등장하는데 장화 신은 고양이 역시 그랬다. 한물간 장화 신은 고양이는 초

라해진 자신이 부끄러워 계속 도망을 다닌다. 숨어 지내면서 적이 자신을 찾아낼 때마다 도망쳤다. 그러다 진정한 사랑을 만나용기를 얻고 다시 히어로가 된다는 내용이다.

나는 이미 조카보다 더 감동을 먹은 표정이었다. 솔직히 감동의 눈물을 찔끔 흘릴 뻔했다.

실패하지 않는 방법을 찾고 있다면 그건 바로 도망가는 것이다. 도전이 없는 한 실패도 없다. 도망가는 인생. 이 한마디에 불쾌함을느꼈다면 잘하고 있는 거겠지? 이런 이유로 나는 도망가지 않고그냥 실패하기로 했다.

지금 내 삶이 남들과 살짝 다르다는 것에 대해 물음표도 갖지않으려 한다. 그렇다고 특별하다고 자만하지도 않는다. **사람 생김새처럼 인생의 모양도 각기 다를 뿐이다.**

"남자 좀 만나."

"내일모레면 마흔이다, 진짜!"

가끔 부모님의 걱정이 쏟아질 때가 있다. 예전엔 마냥 잔소리로만 들려서 방문 닫기 바빴는데 지금은 진심으로 걱정하시는게 느껴진다. 정확하게 말하면 이제야 나이 드신 부모님의 얼굴이 보였다. 그렇다고 해도 부모님 때문에 억지로 결혼을 할 수는 없는 노릇이다.

다만 지금은 도망가지 않는다. 전엔 귀 막고 눈 막고 멀리 도망가고 싶었다. 한 살 더 먹었다고 철이 든 것 같지는 않은데 희한하다. 어차피 도망가봤자 지구는 둥그니까 다시 제자리로 돌아온다는 걸 깨달았기 때문인가.

유명 연예인들의 초호화 결혼식 소식이 들려도 아무렇지가 않다. 나랑은 상관없는 사람들이니까. 손예진이 현빈이랑 결혼했다고 해도, 송중기가 외국인과 재혼했다고 해도 부럽지가 않다. 전혀 부럽지가 않아. 사실 질투심이 생길 리 없다. 나와는 다른 세상, 그들이 사는 세상의 일이니까. 이런 걸 '넘사벽'이라고 하는가 보다.

도망가고 싶은 마음이 든다는 건 그만큼 성공하고 싶다는 말이 아닐까? 성공하고 싶다는 열망이 커질 대로 커져서 어쩔 줄 모를 때 지레 겁이 나는 거다. 도망가고 싶다는 생각이 든 지가 언제인지 가물가물하다. 제대로 한번 도망가고 싶어졌다.

올해는 나도 도망가고 싶은 마음이 들 때까지 무언가에 도전해봐야겠다. 어떤 일에 도전할지는 아직 찾지 못했다. 이러다 문득 아침에 눈을 떴을 때 생각날 것 같기도 하다.

아, 그런데 올해 몇 달 남은 거지?

안전한 유리병

"벌거벗은 몸으로 이 세상에 태어나, 자랑할 것 없어도 부끄럽지 도 않아."

요즘 푹 빠져버린 나훈아의 〈사내〉라는 노래의 가사다. 작년 부모님 결혼기념일에 나훈아 콘서트에 보내드렸는데, 그 후 몇 번이고 그 이야기만 하셨다. 나훈아가 실제로 말을 타고 무대에 등장했는데 그 모습이 잊히질 않으신단다.

이 노래 가사처럼 우리는 모두 맨몸으로 태어나 부모의 보살핌을 받고 성장한다. 안전한 보호막에 둘러싸인 채 그 속에서는 어떤 일을 저질러도 마냥 받아주신다. **점점 보호막이 걷히기 시작하면 그때부터 인생은 실전이 된다. 그런데 보호막의 유통기한은 누가 정하는 걸까?**

누구는 갓난쟁이일 때부터 보호막 없는 삶이 시작되기도 하고, 누구는 성인이 돼서도 보호막 안에서 꿈틀거린다. 그러고 보면 아직도 난 보호막을 깨지 못했다. 스스로 깨고 나오기까지 얼마나 더 시간이 필요한 걸까?

어릴 땐 그저 집이 월요일처럼 느껴졌다. 직장인들이 출근해야 하는 월요일이 다가오는 것처럼 가슴이 답답하고 우울했다. 누구나 겪는 청소년기에는 집을 떠나 혼자 살면 뭐든 다 해낼 수 있을 것 같았다. 그러다가 성인이 되면서 집이 수요일처럼 느껴지기 시작했다. 주말을 앞둔 딱 중간 요일. 좋게 생각하면 좋고, 안 좋게 생각하면 안 좋은 요일이랄까?

그러다 어느 순간 희망을 상징하는 목요일이 되었고, 지금은 매번 금요일의 마음으로 살아간다. 주말이 오는 그 설렘에 갇혀버려 아무것도 안 보이는 도파민 최고조의 상태. 그 상태는 아직도 부모님 집에 빌붙어 잘 먹고 잘 살고 있는 걸 뜻한다.

이보다 더 안전한 보호막은 어디를 가도 없는데 어딜 간단 말인가. **내일모레 불혹인 자식은 아직도 둥지 밖으로 나오지 못했다.**

막 서른 살이 됐을 때 아버지가 말씀하셨다.

"이제 너도 독립해야지."

서른 살에 내보내려 했단다. 그때 처음으로 오피스텔, 빌라, 원룸 등 혼자 살 만한 곳을 알아보고 다녔다. 그런데 뭔가 잘못됐다. 마음에 드는 곳은 혼자 감당하기엔 가격이 너무 비쌌고, 가격이 딱 좋으면 마음에 들지 않았다. 그때 알았다. 독립, 만만치 않은 거구나.

사회초년생 시절에 혼자 나와서 사는 동기들이 몇 명 있었다. 그땐 무심코 넘겼는데 그게 쉬운 선택이 아님을 내 일이 되니 알겠더라. 어떤 선배는 회사 탕비실용 커피를 사러 가서 사은품으로 달려오는 일회용 비닐 팩을 가져가면 안 되냐고 묻기도 했다. 당시에는 그런 행동이 이해되질 않았다. 그런데 지금 내가 독립을 하면 딱 그럴 것만 같다. 아니 난 그것보다 더 할 사람이다.

그 후론 아버지 눈에 안 띄게 조용히 방에서만 지냈다. 집, 회사, 집, 회사 오가는 것만 반복한 채. 쥐 죽은 듯이 사는 게 딱 이런 거구나 싶었다. 더는 독립 이야기를 하지 않으시니 내 작전은 나름 성공한 셈이다.

아휴~ 속 터져~
언제쯤 독립할 거야?

솔직히 제가 뻴이 없진 않아요.
돈이 없을 뿐.

그렇게 또 1년, 또 1년이 차곡차곡 쌓이면서 이젠 빼도 박도 못하는 기생충(?)이 되어버렸다. 누군가는 답답하게 보기도 한다. 그 나이 먹도록 독립도 안 하고 한심하다고. 그러면 뭐 어떤가. 인생의 설계도는 각자 다르다. 이 유리병을 깨고 나가기가 무서워서 그러는 게 아니다. 솔직히 내가 벨이 없진 않다. 다만 돈이 없을 뿐!

사실 안전한 유리병에 들어가 있는 게 너무 좋지만 변화하고 싶은 마음도 있다. 딱 3년 남았다. 나는 마흔 살 전에 독립하기로 결심했다. 그 안에 시집갈 가능성은 고이 접어놨다. 기대가 크면 실망도 큰 법, 내 힘으로 독립할 날을 기다리고 있다. 차곡차곡 3년간 준비하는 독립인데 이 한 몸 비비고 살 곳 하나 없을까?

내 인생의 설계도에서 독립은 40대에 있나 보다. 뭣 모르는 어린 나이에 결혼해야 한다는 말처럼 독립도 어릴 때 뭣 모르고 저질렀어야 했다. 타이밍이 안 맞아도 참 안 맞는단 말이지. 남들 다 하는 거 이제야 해보려 하는데, 웬일인지 이렇게 설렐 수가 없다. 어쩌면 3년을 안 기다려도 될 것 같은 느낌이다. 이런 설렘이라면 당장 올해 말에도 짠하고 대한 독립 만세를 외칠 것만 같다.

반쪽 세상

집 앞 마트 가는 길목을 지날 때면 가끔 마주치는 비둘기가 있다. 다리가 한쪽밖에 없다. 한 다리로 콩콩거리며 다른 비둘기들과 함께 바닥에 널브러진 음식물을 쪼아 먹는다. 유독 더 열심이다. 처음 봤을 땐 무섭다는 느낌이 강했는데 지금은 나도 모르게 속으로 응원하고 있다.

그 비둘기에게 기죽은 모습 따윈 없다. 햇볕이 내리쬐는 정오 즈음 강아지처럼 배를 깐 채 졸고 있는 모습도 봤다. 내가 뭐라고. 다리 한쪽밖에 없는 비둘기도 이렇게 열심히 사는데. 엉뚱하게 비둘기 한 마리 때문에 뭐든 할 수 있다는 용기를 얻는다. 이젠 일부러 그 길목을 지나쳐 간다. 그리고 점점 이별의 아픔이 흐려져간다.

반쪽이 되면 힘들 것 같던 순간도 어느덧 적응하게 되나 보다. 몇 번의 연애를 하고 헤어짐을 반복했다. 연애를 시작할 때면 처음 느껴보는 감정처럼 늘 설렌다. 헤어짐 또한 그렇다. 처음이 아닌 이별인데도 세상이 무너진 것처럼 혼자 영화 한 편을 찍는다. 반쪽이 되어버렸다는 게 이런 건가? 원래의 온전한 나로 돌아온 것뿐인데 반쪽이 된 느낌이 든다.

난 자리는 표시가 난다는 어른들 말씀이 딱 맞다. 이별을 이겨내는 비법은 아직도 못 찾았다. 그런 게 있다면 내가 그렇게 이별에 가슴 아파하며 만취가 되지 않았겠지.

지금은 반쪽이 되는 느낌이 뭔지 가물가물하다. 몇 년째 온전한 나로 씩씩하게 잘 살아가고 있으니까. 분명 평온한 일상인데 뭔가 억울하다. 남들 다 하는 연애, 그거 어떻게 하는 것인지 이제 기억조차 나질 않는다.

어릴 적엔 연애보다는 친구들이 좋았다. 동성 친구들과 함께 놀고 싸웠다. 특히 초등학생 시절 여자아이들의 관계는 어디로 튈지 모르는 럭비공 같다. 잘 놀다가도 다음 날 갑자기 절교하기도 한다. 그렇듯 예측 불허다.

지금 생각해보면 품 하고 웃음이 나오는 흑역사지만 그땐 친구가 인생의 전부였다. 친하게 지내던 친구와 싸워 일명 절교를 하면 반쪽이 된 기분이었다. 그러다 며칠 후 서로 편지를 주고받고 화해하며 눈물바다가 됐다.

이럴 때 보면 인간은 혼자 살아갈 수 없게 만들어진 존재인 듯 싶다. 인생의 최종 목표가 연애도 결혼도 아니지만, 동반자는 꼭 필요한 건가 보다. 그 동반자가 이성이든 반려동물이든 식물이든 물건이든 그런 건 중요하지 않다. 함께하는 동반자가 있는 것만으로 든든하겠지.

아직도 기억난다. 유치원생 시절엔 흰 곰돌이 인형을 애지중지 데리고 다녔다. 지금은 애착 이불, 애착 인형 등의 단어가 생겼지만 그 당시에는 그걸 뭐라고 불러야 하는지 몰랐다. 하지만 기억만은 선명하다.

곰돌이에게 밥도 먹여주고, 씻겨주고, 머리카락은 없지만 머리도 빗겨줬다. 흰 곰돌이 인형을 안고 있으면 부모님한테 혼이 나도 무섭지 않았다. 하지만 세월이 흐르면서 동반자는 바뀐다. 지금 나의 동반자가 흰 곰돌이 인형이 아니듯이.

계절이 바뀌는 순간이 느껴질 때가 있다. 봄에서 여름으로 여름에서 가을로, 가을에서 겨울로. 어느 날 밤 문득 산책하다가 다르게 느껴지는 공기 냄새에 이젠 봄을 보내줘야 할 때가 왔나 싶었다. 봄에 익숙해지려니 또 이렇게 가버리네. 가장 좋아하는 계절이 봄과 가을인데 유독 짧아서 아쉽다.

봄이 올 때 부풀었던 마음은 또 그렇게 헤어짐을 맞이한다. 또 반쪽이 되어버린 느낌이다. 이런 게 계절성 우울증인가? 요즘은 우울증이란 말을 함부로 쓰는 듯하다. 그러니 계절성 우울증까진 아니고 계절성 변덕이라고 해두자. 그렇게 여름을 견디고 견디면 비로소 가을이 온다. 하, 다시 내 짝을 만난 것 같다. 열심히 가을과 놀다가 또 이별할 테지.

자연스럽게 바뀌는 계절이 동반자랑 참 닮았다. 자연스럽게 다가왔다 다시 자연스럽게 가는 것. 그거면 충분하다. 올해 나의 동반자는 얼마 전 심은 해바라기 한 송이면 충분할 것 같다.

딱 한 시간

문득 생각이 많아지는 밤이 있다. 외로운 느낌은 분명 아니다. 이런저런 생각을 하고 싶어서 일부러 분위기를 잡는다. 방 불을 끄고 스탠드 불빛에 의지해 이불 속으로 들어가 고뇌에 빠진다. 하지만 금방 핸드폰을 집어 들고 만다. 핸드폰 중독? 도파민 중독? 정확한 이유는 모르겠다.

길을 헤매는 것처럼 수많은 동영상 사이를 헤매다가 그저 큭큭 웃는 내 모습을 발견한다. 무거웠던 생각들은 없어지고 한없이 가벼워지는 나의 정신. 아, 이래서 어른들이 텔레비전을 바보상

자라고 했구나. 어쩌면 바보가 돼서 머리를 비우는 것도 중요한 일이지 싶다. 하루 마무리까지 눈에 힘 꽉 주면 내일 아침이 너무 무거워진다.

그런데 문제가 있다. 딱 한 시간만 핸드폰을 들여다보겠다고 마음을 먹었는데 자꾸 시간이 늘어난다. 한 시간, 두 시간, 세 시간… 화장실 한번 안 가고 같은 자세로 세 시간이 흘렀다. 역시 사람은 바보 상태일 때 한계가 없어진다.

뭘 보고 싶은 것인지 정확한 내 마음은 알 수 없지만, 그냥 이렇게 매일 딱 한 시간만이라도 아무 생각 없이 가상 공간을 떠도는 게 좋다. **하루 중 한 시간만 투자해도 정신이 반짝반짝 빛이 난다. 뇌가 아무것도 안 하는 상태. 바로 그거다.**

이별했을 때 이걸 알았다면 어땠을까? 이별 후에는 공허한 마음을 달래려고 무조건 바쁘게 살았다. 그렇게 게으르던 내가 갑자기 아르바이트를 구하고, 조금이라도 시간을 쓰려고 일부러 서너 정거장 먼저 내려 하염없이 걸었다. 뇌를 계속 굴렸다. 아무 생각하지 말라고 협박했다. 그러다 한계에 다다르면 눈물 한번 쏟고 또 뇌를 굴렸다.

몇 번의 이별을 겪어도 항상 이런 식이었다. 이별을 견디는 노하우 같은 건 없다고 여겼다. 그래서 단순무식하게 바쁜 척했다. 차라리 뇌를 푹 쉬게 해줬으면 어땠을까? 지금처럼 하루에 딱 한 시간만이라도 내 시간을 가졌으면 회복 기간을 줄였을지도 모르겠다. 지금은 그렇게 할 자신이 있는데 헤어질 사람이 없는 현실. 웃픈 순간이다.

내가 무언가로 공허함을 채우듯 나도 누군가의 공허함을 채워주고 싶다. 이별한 친구에게 소주 한잔 사주고, 친구랑 싸운 조카에게 좋아하는 호떡을 사주고. 순간 피식하는 헛웃음이 난다면 그걸로 충분하다.

사회초년생 시절 처음으로 사귀었던 남자친구와 헤어진 적이 있다. 이별 통보한 사람은 난데 왜 내가 질질 짜고 있는 거니? 그것도 근무시간에 헤어지자고 했다가 혼자 눈물 바람이 되어버렸다. 흑역사가 이렇게 적립되는구나.

그때 모른 척하고 있던 동료가 입을 뗐다. 맥주 한잔하고 가자고. 끄덕끄덕. 회사 근처 허름한 식당에서 마셨던 맥주 맛이 아직도 잊히지 않는다. 맥주는 잘 안 마시는 편인데 그날은 왜 그렇게 맛있었나 모르겠다. 동료는 아무것도 묻지 않았다. 그냥 일상 이야기로 채워나가며 잔을 부딪쳤다. 그날 유독 퇴근이 늦어져서 딱 한 시간밖에 못 마셨지만 10시간은 위로받은 느낌이었다.

한 시간 안에 인생을 바꿀 수는 없다. 길다면 길고, 짧다면 짧은 한 시간. 우리 인생과 많이 닮았다. 누군가에겐 길고 누군가에겐 짧다. 그래도 이 시간이 쌓이면 하루가 되고, 한 달이 되고, 1년이 된다.

이별 때문에 힘든 게 아니더라도 마음을 다잡고 싶을 땐 한 시간 안에 바로 달려가 나를 달래주기로 했다. 뇌를 과부하시켜 각성 상태를 만들지 않을 테다.

반복된 일상 속에서 쉼표 하나 찍는 게 쉽지만은 않다. 평범하게 살아간다는 게 제일 어렵다. 결코 아무나 평범하게 살지 못한다. 나 역시 어딘가 유독 각진 곳이 있다. 작년까지만 해도 부모님은 이렇게 외치셨다.

"평범하게 직장 다니고 평범하게 결혼했으면 좋겠다."

어마어마한 이 효년은 평범하게 살고 있지 않지만 죄송하지도 않다. 어차피 자기 꼴대로 살아가게 되어 있다. 여기에 이 양념 저 양념 잘 버무려가면서 나만의 레시피를 만들어가는 중이다.

4차 am 02:05

인생은 달쓰달쓰.
ID : 무임술차

음식에만 단짠단짠이 있는 게 아니다.
내 인생도 단짠단짠. 달쓰달쓰.
크으, 이 맛이지!

고얀 취미

"취미가 뭐예요?"

소개팅만 하면 빠지지 않는 질문. 소개팅을 위해 항상 취미를 급조한다. 20대 때는 음악 감상과 독서가 레퍼토리였다. 30대 초반엔 어디서든 그놈의 '웰빙'을 외쳐대길래 요가나 헬스를 추가했다. 반은 거짓말이고 반은 진실이다. 어쩌다 한번 나가는 요가 학원이지만 열정만은 주 3회를 꽉 채우고 있다.

세상이 아무리 변해도 혼술하는 게 취미로 인정받긴 어렵더라. 내가 산증인이다. 소개팅에서 딱 한 번, 취미가 혼술이라고 했다가 상대방의 미묘한 표정 변화에 기가 죽었다. 혼술이 뭐 어때서! 고상한 취미만 취미가 아니라구요. 그래서 결심했다. 여자 혼자 술 먹는 걸 전 세계에 알리겠다고.

가끔 밑도 끝도 없는 객기가 스스로를 당황하게 한다. 결국 만 천하에 취미 공개, 얼굴 공개를 하고 말았다. 엄마가 우연히 유튜 브하는 걸 알게 된 어느 날 그러셨다. 집안 망신이라고.

주제가 주제니만큼 부모님 몰래 유튜브를 시작했다. 평소에도 반주하는 모습을 싫어하시는데 이걸 타인에게 보여준다면 펄쩍 뛰실 게 분명하다. 누구나 흔히 하는 취미만 취미로 인정받는 세 상이라니. 나도 인정받고 싶었나 보다.

원래 인생은 울퉁불퉁하다. 틀에 잘 맞춰서 살아가느냐, 모퉁 이에 부딪혀도 굳세게 일어나느냐 그것이 문제일 뿐이다. **말은 안 해도 세상이 요구하는 인간상이 있다. 평범함의 범주 말이다. 하지 만 그 범주에서 벗어나더라도 이상하게 쳐다보지 말아줬으면 싶다.**

혼자서 하는 거라면 뭐든 좋아하는 사람이 나다. 가끔 외롭다 고 느끼지만 그 외로움이 싫지만은 않다. 혼자 밥 먹는 게 더 편하 고 혼자 술 먹는 것도 편하다.

4차 am 02:05
인생은 달쓰달쓰. ID : 무임술차

음식만 단짠단짠이 있는 게 아니다.
내 인생도 단짠단짠. 달쓰달쓰.
크~ 이 맛이지.

이런 성격은 직장생활할 때 뼈저리게 확인했다. 다 같이 점심 먹으러 가는 게 왜 그리도 힘들던지. 점심시간도 일하는 시간처럼 의무적으로 부여되는 시간 중 하나라고 위로해봤지만 쉽지 않았다. 가끔 속이 안 좋다며 혼자 편의점에서 간단히 삼각김밥으로 때우는 게 더 좋았다. 아무래도 성격장애인 것 같다.

2년간 계약직 회사생활을 할 땐 혼자 점심을 먹으러 다녔다. 처음부터 다짐했다. 점심시간은 혼자 여유 있게 보내기로. 사실 이런 말은 용기가 필요했기에 다양한 시뮬레이션을 돌리며 연습했다. 누가 입사 첫날부터 혼자 밥 먹는다고 외칠 수 있을까?
다행히 같은 일을 하는 다른 계약직 직원과 출퇴근 시간이 달라서 어쩔 수 없이 혼자 점심시간을 보내야 했다. 이런 걸 운명이라고 하는 건가. 2년 내내 소화 잘되는 점심시간을 보냈다. 여기에 평소 즐기던 혼술이 더해지니 브레이크 없는 솔로 세상을 맘껏 즐길 수 있었다.

취미도 변한다. 그러니 언제까지 취미가 혼술일 수 있겠는가. 미성년자일 때부터 혼술이 취미일 리 없고, 노인이 되면 또 다른 취미가 생기겠지. 지금은 이런 고얀 취미로 유튜브를 시작했지만 쓴맛과 단맛을 번갈아 느끼고 있다.

원래 단것만 먹으면 질리는 법. 늘 달콤한 걸 찾지만 이내 금방 물리고 만다. 먹을 땐 분명 맛있었는데 얼마 지나지 않아 혀가 아려온다. 그땐 또 한국인의 매운맛으로 좀 달래줘야 다시 달콤한 맛이 당기는 법이다.

혼술을 즐기는 딸의 실체를 뒤늦게 알게 된 부모님은 취미 한 번 고약하다고 말씀하셨다. 지금도 제대로 이해하지는 못하신다. 여전히 숨어서 술을 마시려고 나름대로 각고의 노력을 하고 있다. 그렇다고 억지로 이해시킬 마음도 없다. 그냥 이대로 놔두면 흘러갈 일이라고나 할까.

단맛을 느껴야 매운맛 즐기는 법을 배우는 것처럼 쓴맛을 느껴야 더 큰 달콤한 맛을 즐길 날이 오겠지. 음식에만 단짠단짠이 있는 게 아니다. 내 인생도 단짠단짠. 달쓰달쓰. 크으, 이 맛이지!

우연한 행운

〈어바웃타임〉이라는 영화가 있다. 포스터를 보면 남녀 로맨스물 같지만 속을 들여다보면 인생 이야기가 담긴 영화다.

시간여행 능력을 갖춘 남자가 원하는 것을 얻기 위해 몇 번이고 과거로 되돌아간다. 원하는 것을 얻을 때까지 시간여행은 계속된다. 그러나 원하는 결과를 얻을 수도 없었고, 얻는다 해도 예상치 못한 상황에 부딪혀 소중한 무언가를 잃어야만 했다. 결국 주인공은 과거 바꾸는 걸 포기하고 우연의 연속인 현실을 묵묵히 살아간다는 내용이다.

누구나 후회하는 삶을 산다. 그때 다른 일을 선택했더라면. 그때 다른 사람을 선택했더라면. 부자든 가난한 사람이든 후회 보존의 법칙은 똑같이 적용된다. 우연의 조각들이 쌓여 현재가 되고 미래가 된다. 나 역시 후회했던 선택들이 많지만 다시 돌아가고 싶은 순간은 없다.

진지하게 생각해봤다. 딱 한 번 과거로 돌아가고 싶은 순간이 주어진다 해도 내 답은 똑같다. 과거의 한 부분을 비튼다고 해서 현재가 달라질까? 현재가 달라졌다고 해서 과연 만족할까? **누가 봐도 잘난 인생은 아니지만 별일 없이 살아가고 있다. 그러니 이대로 좋다.**

유튜브에 첫 영상을 올렸을 때, 그 찰나의 순간은 기억이 나질 않는다. 무슨 용기로 그랬을까? 소위 얼굴 팔리는 짓이라고들 했다. 인터넷에는 '유튜브를 시작하려는데 해보니 어떠냐'는 상담 글이 의외로 많다. 여기에 빠지지 않고 달리는 댓글이 바로 얼굴 깔 용기였다. 나는 '얼굴 좀 깐다고 닳겠어?'라는 다소 초점 나간 엉뚱한 결론으로 얼굴을 노출해버렸다. 멍청하면 정말 몸이 고생이다.

누구나 우연을 꿈꾼다. 더 구체적으로 말하면 우연과 함께 딸려오는 행운을 꿈꾼다. 행운은 어떤 얼굴일까? 알아볼 수만 있다면 시력 0.1에 안경도 안 쓰고 개기진 않았을 거다. 누구나 불행은 피하고 싶어 하고 행운은 얻고자 한다.

우연히 오는 것만큼 짜릿한 건 없다. 행운도 노력한 사람의 것이라는 흔해 빠진 이야기는 하고 싶지 않다. **가끔 운발이 좋을 때도 있어야 살맛이 나지. 모든 게 노력한 대로라면 맛이 안 난다.** 아이들이 믿는 세상이 이런 걸까? 산타 할아버지의 존재를 믿고, 세상에서 우리 엄마가 가장 예쁘다고 믿는 그런 세상.

그 시절엔 그게 아이들의 전부였을 거다. 아이들이 순수한 눈빛으로 진짜라고 믿으니 주변 사람들 모두가 산타 할아버지가 진짜 있다며 맞장구쳐주게 된다. 믿는 만큼 따라오는 게 행운이 아닐까 싶다.

지금까지 종교를 믿어본 적이 없다. 누군가가 그랬다. 종교를 종교 자체로 보지 말라고. 종교를 믿음으로써 나의 가능성을 믿는 거라고. 어떤 일을 위해 또 누군가를 위해 기도하면 스스로 믿음을 갖고 용기를 내게 된다고.

듣고 보니 그런 것 같다. 어떤 일을 할 때 기도라는 걸 해본 적이 없다. 그냥 이거 해볼까. 저거 해볼까. 그래 해보자. 아니 안 할래. 이 정도가 다였다. 간절하지 않았던 건 아니다. 할 수 있다고 믿기보단 우연을 믿고 행운을 믿었다. 우로 가나 좌로 가나 목적지로 가고 있는 것 같으니 '일단 못 먹어도 고다' 하는 마음으로.

너무 간절하면 깨질 것 같아 두렵다. 나를 믿자고 주문을 외우기 시작하면 더 어그러질 것 같은 기분. 그냥 지금처럼 우연한 행운을 꿈꾸고 싶다.

누군가는 어린아이처럼 철이 없다고 할지도 모르겠다. 하지만 동심은 아이들에게만 있는 게 아니다. 철 좀 없으면 어떤가. 많은 나이는 아니지만, 이 나이 먹고 봐도 마음은 아직 아이 같다. 어른들이 왜 몸은 늙었지만 마음은 이팔청춘이라고 하는지 알겠다. **겉으론 어른이지만 우리 모두 속은 아이들이다. 어쩌면 이 세상엔 아이들만 존재할지도 모른다.**

행운도 간절하게 바라면 잡히지 않는다. 간절함이 크면 기대하게 되고, 기대가 크면 실망하는 법이다. 무언가에 도전할 때 실패가 두렵긴 하지만 기대는 하지 않는다. 정확하게 말하면 기대하지 않으려고 노력한다.

유튜브 역시 똑같았다. 대박이 날 거라는 기대감이 올라올 때마다 꾹꾹 눌러 담았다. 기대감이 커지면 행운이 와도 당연하다고 생각했을 테니까.

지금도 역시 대박을 꿈꾸지 않는다. 올해로 유튜브 4년 차. 길다면 길고 짧다면 짧은 시간이다. 직장인으로 따지면 후배에 치이고 선배에 치이는 애매한 위치라고나 할까. 하지만 오늘도 묵묵히 걸어가고 있다. 전력 질주할 때도 있지만 지친다고 쉬어본 적은 없다. 쉼 없이 달린 4년 차.

지칠 때마다 찾아온 우연한 행운들. 길거리에서 주운 10원짜리 동전만큼의 행운일지라도 내가 믿는 순간 그게 가장 큰 행운이 된다.

눅눅해도 좋아

'내가 세상을 바꿀 거야'라는 당찬 포부를 품는 건 초등학생 때가 끝이었다. 몸이 커질수록 생각은 작아졌다. 세상을 잘 몰랐던 때가 용감했는데 이젠 조금 살아봤다고 점점 움츠러든다.

어릴 적엔 부모님이 세상 전부인 줄 알고 살았다. 그땐 그렇게 커 보일 수가 없더라. 그렇다고 부모님이 작아진 건 아니다. 솔직히 노화로 인해 키가 좀 줄어드시긴 했지만. 아직도 부모님을 존경한다.

공원 산책하다가 보이는 개미들은 인간이 신처럼 보일까? 그렇게 작아서 이 험한 세상은 어떻게 사는 걸까? 작은 아기 발자국 하나에도 목숨을 잃는 개미들. 여름에 장마가 시작되면 항상 땅속 개미들이 어떻게 되는지 궁금했다. 자꾸 개미의 모습이 내 모습과 겹쳐졌다. 우주에서 보면 나도 개미만큼 작은 존재일 테니 말이다.

개미가 잘나봤자 세상을 바꿀 수 없듯이 나도 뭔가 일을 내봤자 이 거대한 세상에 스쳐가는 행인 1에 불과하다. 그러다 어느 날은 내가 개미라는 사실을 잊어버리기도 한다. 한 번씩 지칠 때쯤 '맞다. 난 아무것도 아닌 존재지'라는 생각을 한다. 누구나 겪는 슬럼프지만 왜 하필 개미랑 비교하게 된 걸까? 그런데 장마가 끝나고 나가 보면 개미들은 아무 일 없다는 듯이 잘 돌아다니고 있더라.

공원만 가면 개미만 쫓아다니는 조카 때문에 땅만 쳐다보고 다닌 적이 있다. 먹이를 주며 개미를 집합시키기까지 했다. 개미에 빠진 애를 누가 말릴까 싶어 옆에서 구경만 했다. 개미들이 목숨을 걸고 조카의 손을 피하고 있었다. 개미가 이렇게 빨랐나? 먹이 하나 먹으려고 목숨을 걸었다는 걸 느낄 수 있었다. 아등바등하는 그 모습을 보니 그 속엔 한 마리 소중한 생명이 숨 쉬고 있더

라. 개미들은 지금 상황에서 목숨을 걸더라도 해야 할 일을 했을 뿐이다. 손을 털고 조카와 일어났다.

내가 사는 곳은 우주가 아니라 지구, 대한민국, 우리 집이다. 우리 집에선 내가 아주 중요한 존재다. 우리 부모님은 인터넷뱅킹 하나 할 줄 몰라서 공인인증서는 항상 내 손에 있다. 이걸로 모든 걸 털어버릴 수도 있다. 하하.

나 하나로 집안 분위기도 바뀐다. 얼마나 막대한 영향을 끼치는 인간인지 아주 지긋지긋하다고 엄마는 가끔 말씀하신다.

유튜브도 그렇다. 100만 유튜버가 보면 참 귀엽게 보일 수준의 구독자와 조회 수지만 내가 낳은 새끼들처럼 영상 하나하나가 소중하다. 한때는 조회 수 100회만 나와도 기뻤던 적이 있다. 그러다 1,000회가 넘어가면 소름이 돋았다. 물론 지금은 1,000회로는 어림도 없다.

점점 기대치가 높아지고 있다. 하지만 그래도 괜찮다. 그만큼 실패해도 괜찮다. 긍정적인 마음이야말로 소중하니까. 세상은 못 바꾸더라도 오늘 하루는 바꿀 수 있다.

"인생이 레몬을 준다면 그것으로 레모네이드를 만들어라."

시어빠진 레몬이라도 난 좋다.
가끔 신맛도 먹어줘야 건강한 법이다.

내가 좋아하는 외국 명언이다. 여기서 레몬은 시련을 뜻한다. 시련이 온다면 그걸로 달콤상큼한 레모네이드를 만들라는 말이다. 이렇게 생각하면 이 세상에는 인간이든 물건이든 음식이든 쓸모없는 것이 없다.

쫄면은 냉면 만드는 공장 직원이 실수로 사출기 구멍을 잘 못 맞춰 두꺼운 면이 나온 덕분에 탄생했다. 버리기 아까워 근처 분식집에 기증했는데 양념을 넣고 팔다가 입소문이 나면서 세상에 이름을 알렸다. 와플은 어떤가? 식당 요리사가 실수로 반죽에 구멍을 내는 바람에 탄생했다. 시리얼 역시 반죽을 망쳐서 딱딱한 조각들이 나왔고, 이걸 맛본 사람들 반응이 좋아서 지금의 시리얼로 탄생했다.

성공과 실패는 종이 한 장 차이보다 얇다.

시련이 닥칠 때면 심각하게 생각하지 않으려 한다. 폭풍 속에서 가만히 버티다 보면 폭풍은 이내 물러가게 마련이다. 그리고 생각한다. 지금 이 상황을 어떻게 활용하면 좋을지를. 심각한 문제든 가벼운 문제든 간에 모두 똑같다. 다 먹고살자고 하는 짓이니까.

특이한 식성은 아니지만 나는 불은 라면이 그렇게 맛있더라. 꼬들거리는 라면은 내 취향이 아니다. 눅눅해진 과자도 어찌나 맛있는지. 특히 콘칩이나 마카로니 같은 과자는 눅눅해지면 씹는

맛이 배가 된다. 그 단단하고 거친 식감이 참 좋다. 한때는 눅눅한 게 좋아서 일부러 봉지를 열어두고 하루 지난 뒤 먹기도 했다.

나에게 주어진 레몬. 어떻게 손대느냐에 따라 혹은 어떻게 생각하느냐에 따라 결과가 이토록 다르다. 가만히 놔둬도 된다. 섞일 때까지 기다렸다가 화분 거름으로 줄 수도 있다. 시어빠진 레몬이라도 난 좋다. 가끔 신맛도 먹어줘야 건강한 법이다.

ID : 무임술차

유튜브 채널 이름을 뭐라고 지으면 좋을까? 혼자서 곰곰이 생각해봤다. 언제부터인가 머리부터 발끝까지 혼자 해결하는 버릇이 생겼다.

유튜브 역시 다르지 않았다. 물론 내가 머리를 굴려 봤자 거기서 거기다. 그냥 무임승차에서 한 글자만 바꿔 '무임술차'라고 하자. 큰 의미는 없다. 무임승차라는 말이 왜 떠올랐는지도 알 길이 없다. 채널명보다는 어떻게 영상을 찍고 편집할지가 더 큰 일이었다.

그렇게 무임술차라는 이름으로 영상을 올리기 시작했다. 시작은 보잘것없었다. 사실 지금도 보잘것없는 건 똑같다. 전문적으로 영상편집을 배운 적이 없어서 백지상태에서 시작했다. 언니는 그런 날 보고 무모하다고 했다. 잔소리 듣기 싫어서 더 이상 아무에게도 말하지 않았다. 아마 반대하는 소리를 듣기 싫어서 스스로 차단한 것일 거다. 생존본능이랄까?

같은 소리를 계속 들으면 아무리 긍정적인 사람도 무너지게 마련이다. 그렇게 천적을 피해 비굴(?)하게 탄생한 게 바로 무임술차다.

사람들이 왜 무임술차냐고 묻는다. 뭐라고 답해야 할지 잘 모르겠다. 솔직히 별다른 의미 없이 막 지었다. 거짓말을 할 수 없어 아무 뜻 없이 막 지은 거라고 해버렸다. 이제 인터넷 검색창에 무임승차를 치면 무임술차가 연관검색어로 같이 뜬다. 웃어야 할지 울어야 할지 헷갈리는 순간이다.

아무것도 모를 때 오히려 더 좋은 결과가 나온다는 말이 있다. 예전에 가족끼리 볼링을 치러 간 적이 있다. 처음 해보는 거라 어리둥절했지만 알려주는 대로 얼추 따라 했다. 그런데 스트라이크를 연속으로 치고 우리 팀의 승리를 햇병아리인 내가 이끌어버렸다. 볼링의 '볼' 자도 모르고 무식하게 들이받기만 했을 뿐인데 말이다.

우연히 들어간 술집에 있던 다트 내기도 비슷했다. 온라인이든 오프라인이든 게임엔 관심이 없는 편이다. 여기엔 보드게임도 포함된다. 다트 역시 그랬다. 하지만 술값 내기가 달려 있지 않은가. 알려주는 대로 그까짓 거 대충 던져버렸다. 어랏? 또 이겨버렸네.

참 희한한 건 아무것도 모르는 상태에서 아무 생각 없이 할 때가 오히려 승률이 높았다는 점이다. 그 후 열심히 연습해서 몇 번 더 찾아갔지만 매번 술값만 썼다.

초심자의 행운이었을 거다. **아무런 욕심도 부담도 없기에 찾아오는 행운이겠지. 무언가를 깊이 알게 될수록 그만큼 두려움도 함께 커지는 모양이다.**

아무것도 몰랐던 초창기의 마음과 지금의 마음은 확실히 다르다. 유튜브도 처음엔 그저 코로나 때문에 누굴 만날 수 없는 현실이 아쉬워 온라인 술친구를 만들자는 생각으로 시작했다. 좋은 결과, 즉 높은 조회 수를 얻겠다는 생각은 해보지도 못했다. 그런데 대박까진 아니지만 점점 결과가 좋아지는 게 눈에 보였다.

그렇게 꾸준히 달렸더니 지금의 무임술차가 됐다. 하지만 요즘은 영상 하나를 올릴 때마다 두려움이 앞선다. 혹시나 조회 수가 떨어지면 어떡하지? 안 좋은 댓글이 달리면 어떡하지? 머릿속에 여러 가지 걱정들이 계속 맴돈다.

햇수로 4년 차. 유튜브에 대해 이제 좀 알 것 같다. 점점 알아간다는 게 좋을 때도 있지만 어떨 땐 차라리 몰랐으면 싶기도 하다. 어쨌든 이젠 좀 단련이 됐는지 지금은 조회 수가 떨어져도 두려워하지 않는다. 그냥 움직이라는 주문을 외운다. 재밌고 만족스러운 영상에 욕심이 생길수록 자신감만 떨어지더라. 그래서 늘 해왔던 대로 하려고 노력 중이다. 아니 노력이라기보다는 묵묵히 갈 길을 가고, 할 일을 한다는 표현이 맞을 것 같다.

누가 들으면 구독자 100만 명쯤 되는 유튜버인 줄 알겠다. 구독자 20만 명이 안 되는 유튜버인데, 그 무게가 이렇게 무겁다니. 처음부터 알았다면 시작했을까? 물론 나 같은 청개구리는 귀 막고 무작정 시작했을 거다. 똥인지 된장인지 찍어 먹어봐야 정신 차리는 무식한 성격이니 말이다.

이쯤에서 궁금해지네. 지금 유튜브의 맛은 똥인 건가, 된장인 건가? 아직 이도 저도 아닌 맛이 분명하다. **갈 길이 남아 있으니 맛은 나중에 보려 한다. 지금 쓴맛을 보기엔 아직 하고 싶은 게 많다.**

그다음은
나도 몰라요

지금은 마른 체형이지만 대학생 때는 10킬로그램이 더 나갔다. 한창 꾸미기 좋아했던 시절이라 살에 민감해서 다이어트를 시작했다.

저녁만 거르면 금방 빠질 줄 알았는데 조금 빠졌다가 다시 쪘다가 무한 반복이었다. 진짜 계단식으로 살이 빠진다는 말이 맞았다. 조금 빠진다 싶으면 정체기, 또 조금 빠진다 싶으면 정체기였다. 그래도 수년에 걸쳐 10킬로그램을 뺐으니 독한 X 중 한 명이 됐다.

살 빼는 건 하면 할수록 힘든데 살찌는 건 순식간이다. 무언가에 도달하기 위한 과정도 마찬가지다. 계단식으로 천천히 올라가서 성격만 더럽게 만든다. 그런데 왜 때려치우는 건 한방에 되는 건지. 생각해보니 세상에서 때려치우는 게 가장 쉬운 일 같다.

유튜브를 하면서 가장 고충인 건 조회 수가 생각한 만큼 나오지 않는다는 점이다. 예전엔 몰랐다. 영상 하나를 올릴 때마다 이렇게 심장이 떨리게 될 줄. 매번 저녁에 영상을 올리는데 영상이 올라가는 날은 잠이 들 때까지 핸드폰을 놓지 못한다. 새벽에 뒤척이며 깨기도 한다. 그럴 땐 꼭 핸드폰으로 조회 수를 확인한다.

조회 수가 올라가는 그래프는 더디게만 느껴진다. 그런데 내려가는 건 정말 순식간이더라. 한눈팔면 후드득 떨어진다. 유튜브를 통해 인생을 배우는 것 같다. 마음 비우는 연습, 결과에 연연하지 않는 연습. 유튜브를 통해 지겹도록 인생 연습을 하고 있다.

실패를 맛볼 때마다 그다음 걸음을 내디뎠다. 특히 실연한 후에는 평소와 다른 시도를 했다. 일종의 버릇 같은 거다. 유튜브를 시작한 데는 사실 또 다른 이유가 하나 더 있었다. 술친구를 만들고 싶었던 건 외로웠기 때문이다.

외로웠던 건 누군가와 헤어졌기 때문이다. 실연 후 마음을 달

왜 혼술 유튜브를
하게 된 거야?

헤어지고
마음을 달래기 위해
술 마시는 날이
평소보다 많았거든.

외로워서
랜선 술친구를 만들자는
마음이었지.

이런 이유로 내가 유튜브를 하게 될 줄이야.
정말 그다음 스텝은 어디로 향할지
아무도 모른다.

래기 위해 술 마시는 날이 평소보다 잦아졌다. 차라리 이럴 거면 유튜브나 해서 술친구를 만들자는 마음이었다. 이런 이유로 내가 유튜브를 하게 될 줄이야. 그다음 단계에서 또 어떤 일이 펼쳐질지 아무도 모른다.

자기 자신에 대해 잘 아는 사람이 몇이나 될까? 사실 나 역시도 나에 대해 잘 모를뿐더러 미래는 더더욱 모른다. 세상엔 아무것도 모르는 천치들만 있는 건가. 박사 학위를 딴 사람들조차 자기 자신에 대해 잘 모르더라. **공부 머리와 인생 머리는 분명 다른 듯하다. 난 둘 다 없는 게 억울해서 남들보다 100년은 더 살고 싶다.**

그런데 오래 사는 게 그리 좋기만 한 건 아닌 모양이다. 죽지도 않고 늙지도 않는 도깨비 같은 인간 이야기를 다룬 드라마를 보면 알 수 있다. 그는 결국엔 늙고 죽음이 있는 평범한 인간의 삶을 갈망하게 된다. 끝이 있는 삶. 어쩌면 우리는 끝을 향해 달려가면서 이토록 아등바등하는지도 모르겠다.

내 시작을 내가 선택할 수 없었듯이 끝도 선택할 수 없다. 바로 당장 내일, 아니 한 시간 뒤 어떤 일이 펼쳐질지조차 모르지 않나. **어차피 그다음은 아무도 모르기에 끝을 향해 달려가는 게 두렵지만은 않다.** 오히려 끝에 선 내가 어떤 모습일지 알고 있다면 그 모습이 보이는 순간 두려움이 덮칠 것만 같다.

"내가 태어나고 싶어서 태어났어?"
"엄마가 해준 게 뭐가 있어!"

한창 반항이 심한 청소년기에 다들 이런 말 한 번씩 해봤겠지. 안 해본 사람이 있다면 존경합니다. 가끔 부모님은 내가 이런 말을 했었다며 재밌는 이야기를 하듯 웃어넘기신다.

아마 중학생 때였을 거다. 내가 싫고 세상도 싫고 그랬던 시절. 조용했던 쭈구리도 남들 겪을 건 다 겪고 크더라. 태어나고 싶어서 이 세상에 태어난 사람은 없다. 그래도 태어났으니 열심히 살아가야지. 그거 하나면 된다.

걸음도 못 걷는 갓난아기들도 있는 힘껏 하루를 산다. 갓난아기였던 조카를 돌보며 종종 젖병을 물렸는데 어찌나 힘껏 먹던지 머리가 땀으로 범벅이 되곤 했다. 소화하는 것부터 응가를 하는 것까지 아기들에겐 목숨을 건 노력이 필요한 일이다.

갓난아기가 보여준 생을 위한 몸짓이 나를 자극했다. 내일을 모르는 아기들이 생을 위해 최선을 다해 파닥거린다. 그게 원래 인간의 본능이다. 당장 내일조차 어떤 일이 펼쳐질지 모르지만 갓난아기처럼 당연하다는 듯 그렇게 오늘도 살아간다.

물음표는
접어두기

초등학교 2학년이 된 조카는 아직도 궁금한 게 많은지 입이 쉬질 않는다. 유치원 땐 더 심했으니 그나마 지금이 많이 나아진 거다. 아직까진 조카가 묻는 것들에 대한 답을 알고 있어서 다행인데, 중학생이 되면 머리 아픈 질문을 많이 할 것 같아 걱정이다.

어릴 적 나도 그랬다. 특히 수학이나 영어 문제에 대해 부모님께 여쭤보면 답을 회피하셨다. 모르는 게 없을 거라 생각했던 부모님에 대한 환상이 깨지는 순간이었다. 하지만 눈치가 빠른 조카는 말을 트기 시작한 후부터 공부에 대한 질문은 한마디도 하지 않았다. 뭔가 찝찝하지만, 이모의 한계를 미리 알아봐줘서 기특하다.

차라리 답이 나오는 수학 문제는 쉽다. 인생에서는 답이 없을 때가 문제다. 인생의 물음표는 왜 주관식이 더 많을까? 가장 약한 게 주관식에 논술인데 말이지. 인생을 살며 물음표가 떠오를 때 누군가에게 고민을 털어놓은 적이 별로 없다. 나만의 감정은 오롯이 나만의 것이라 생각해서인지 나누는 방법을 알지 못한다.

좋은 감정도 나쁜 감정도 혼자 삼켜서 소화시켰다. 부작용이 있다면 자주 탈이 난다는 것이다. 감정을 나누는 일도 배워야 할 수 있다는 걸 늦게 깨달았다. 다행히 요즘은 감정에 조금 부드러워진 나를 느낀다.

유튜브를 하기 전에도 하는 중에도 모든 게 물음표를 없애는 과정 중 하나였다. 대중적인 건 골고루 사랑을 받는데 내가 생각했던 술먹방은 마니아들만 찾는 한정적인 영상이 될 것 같았다. 미성년자들에게 추천할 수도 없다. 먹방이 대중적 콘텐츠라면 술먹방은 비주류 콘텐츠라고나 할까.

첫 영상을 올렸던 2020년만 해도 먹방은 수도 없이 많았지만 술을 곁이는 술먹방은 거의 없었다. 혼자서 고민한 끝에 결국은

인생의 물음표는 왜 주관식이 더 많을까.
가장 약한 게 주관식에 논술인데 말이지.

대중적인 걸 포기했다. 먹방보다는 술먹방이 더 자신 있다는 단순한 결론을 내렸다.

대중적이라는 건 많은 사람이 좋아한다는 뜻이다. 남들에게 이미 검증된 대세를 따라가면 시간도 돈도 절약된다. 괜한 모험을 하다간 이도 저도 아닌 결과가 나올지도 모른다. 하지만 **모험이라고 다 실패하진 않는다. 게다가 모험에 성공했을 때의 쾌감은 인생을 바꿀 만큼의 큰 동력이 되기도 한다.**

유튜브를 하면서 마음이 쓰였던 건 좋은 일이 있어도 안 좋은 일이 있어도 고민을 나눌 사람이 없다는 점이다. 육아에 바쁜 친구들에게 말하기도 그렇고 가족들에겐 더더욱 하지 못했다. 계속 물음표만 쌓여갔다.

그러다가 구독자와 조금씩 감정을 나누기 시작했다. 처음엔 어색했는데 하다 보니 구독자들과 일거수일투족을 함께하는 기분이었다. 구독자가 내 일상에 들어오는 게 아니라 내가 구독자들의 일상으로 들어가는 느낌이랄까. 이젠 내가 구독자들에게 물음표를 던진다. 안 해본 걸 해보려니 약간의 망설임이 있었지만 해보면 또 별거 아니더라.

유튜브 콘텐츠는 하면 할수록 어렵다. 외국 플랫폼이라서 어디다 물어야 할지도 정확히 알 수 없고, 고객센터가 있어도 답답할 때가 많다. 하지만 우리가 어떤 민족인가. 바로 전화 걸어서 해결해야 하는 빨리빨리의 민족 한국인 되시겠다. 성질 급한 사람들은 인터넷에 글을 올려서 도움을 주고받는다. 그래서 그런지 대부분의 유튜버는 '굳세어라' 정신이 있는 것 같다. 이가 없으면 잇몸으로 사는 거지 뭐.

예전에 이런 글을 본 적이 있다. 불우한 어린 시절을 보내고 일명 성공 신화를 이룬 사람의 인터뷰였다. 모든 건 흘러간다고. 죽을 만큼 힘들었던 안 좋은 일들도 다 흘러간다고. 모두에게 똑같이 흘러가는 인생이기에 그냥 살아가면 된다고 했다.

자신이 왜 이렇게 불우한 시절을 보내야 했는지 물음표 따위는 생각하지도 않았다고 한다. 누군가가 좋은 시절을 보내더라도 그것 모두 지나갈 것을 알기에 세상은 누구나 살아볼 만하다고.

가만히 있는 것 같은 잡초들도 수십 시간 수백 시간을 카메라로 담으면 춤을 추듯 움직이고 있다. 그렇게 모든 것이 각자의 시계에 맞춰 흘러간다. 올해만큼은 물음표는 넣어두고 물결 표시를 살짝 그려보고 싶다. 지금의 실패도 성공도 어차피 지나가는 거라서 오히려 다행이다.

어차피 지구는 둥그니까
언젠간 다시 만나겠지

세상에 공평한 게 있을까? 말로는 쉬워도 오차 없이 반으로 딱 나누기 어렵다. 다만 0.1그램이라도 한쪽으로 치우치게 되어 있다. 인간관계도 똑같다. 공평할 수가 없다. 친구가 몇 없는 것도, 지인이 생겨도 오래 유지를 못하는 것도 이유가 있는 것 같다.

갑자기 툭 끊어진 관계들. 누군가는 시절 인연이니 신경 쓰지 말라고 하지만 그 기간이 남들보다 빨리 찾아오는 것 같다. 눈에 보이지 않는 것들은 참 까다롭다. 툭 끊어졌다가 다시 이어지기도 하고, 이어지는가 싶었는데 다시 끊어진다.

한창 열정을 갖고 어떤 일에 몰두하다가도 크게 숨 한번 쉬고 탁 놓아버린 적이 있다. 번아웃도 아니고 싫증 난 것도 아닌데 말로 표현하기 참 애매하다. 세종대왕님께서 훌륭한 한글을 만들어 주셨는데 왜 제대로 쓰질 못하는 거니?

내 마음을 해석해줄 번역기라도 하나 마련하고 싶다. 삐뚤삐뚤 내 인생은 모가 났는데 남들 인생은 왜 이렇게 균형 잡혀 보이는지. 남의 떡이 더 커 보이는 건 어릴 때나 지금이나 똑같다. 바꿔 생각해보면 내 인생을 부러워하는 사람들도 종종 있었다. 그들은 내가 자신들보다 더 나은 삶을 살고 있다고 느낀 걸까? 살아보지 못한 남의 인생은 그렇게 반짝반짝 빛나 보이는 모양이다.

특히 유튜브를 하고 나서는 전 직장 동료들, 우연히 알게 된 지인들에게서 연락이 많이 왔다. 유튜브 시작할 땐 부모님과 친척들에게조차 알리지 않았다. 그런데 구독자가 늘어나면서 우연히 나를 발견하게 되고 깜짝 놀라 연락을 해온 것이다.

나 같아도 그랬을 거다. 예전에 알았던 사람 혹은 지인이 갑자기 유튜브 알고리즘에 뜨면 신기할 수밖에. 특히 혼자 떠들고 노는 모습이 꽤 인상 깊었나 보다. 생각지도 못했던 분들의 연락이 반가웠다. 그전에는 데면데면한 사이도 있었는데 연락해준 것만으로도 고맙더라.

과거의 관계는 잘 돌아보지 않는다. 툭툭 끊긴 인연의 끈은 발버둥쳐도 어차피 다시 이어지지 않는다. 하지만 유튜브를 한 후에는 그 끈이 조금 튼튼해진 느낌이다. 아니다. 그냥 내 성격이 조금 바뀌어서 그런 건지도 모르겠다.

사실 나는 필요한 연락 외에는 잘 하지 않는 편이다. 예전의 나는 실제 만나는 걸 더 중요하게 생각했다. 지금은 유튜브 덕분에 먼저 연락해준 지인들과 연이 다시 닿으면 계속 이어가려고 한다. 아, 이거였구나. 한번의 연락이 한마디 안부가 관계를 이어주는 끈이었구나 싶다.

이 쉬운 방법을 몰라서 혼자만의 세상에 갇혀 산 느낌이다. 조금만 더 빨리 돌아볼 걸 하는 아쉬움이 드는 밤이다. 스치듯 안녕한 수많은 인연이 가끔 그립다. 분명 상대방은 한걸음 다가와줬는데 나는 멀뚱히 서 있었으니 이런 걸 사회성 부족이라고 하는 건가?

무언가를 혹은 인생을 돌아본다는 건 두려움이 함께 따라오는 일이다. 그래서 일부러라도 돌아보지 않으려 애썼다. 특히 사람에 대해. 어차피 곱씹어봤자 머리만 아파질 게 빤히 보였기 때문이다. 그러다 30대 후반이 되어서야 용기를 낼 수 있었다. 그렇게 한번 돌아봤더니 무지개가 떠 있었다.

어쩌면 우리의 인생은 이것도 잘하고, 저것도 잘해야 하는 만능 인생꾼을 필요로 하는지도 모르겠다. 어디 하나 모나지 않게 둥글게 둥글게 굴러가야 제대로 된 삶이라고들 한다.

그런데 모든 건 질량 보존의 법칙에서 자유롭지 않다. 한쪽이 유독 잘나면 다른 면은 찌그러져 있기도 하다. 찌그러진 내 인간관계의 끈을 조금은 팽팽하게 당겼다. 그럼 또 어딘가 찌그러지는 부분이 생기겠지. 인생은 빤히 들여다봐도 참 알다가도 모르겠다.

억지로 두 눈 부릅떠봤자 충혈되고 안구건조증에 눈물만 날 뿐이다. 자연스럽게 관계의 끈을 발견한 것처럼 가끔은 실눈 뜨기를 하며 보일 듯 말 듯 경계에 기대는 것도 좋다.

지금 생각해보니 꼭 공평하기만 하지 않은 관계도 나름 괜찮은 것 같다. 흐르는 시간처럼 모든 걸 흐르게 놔두면 돌고 돌아 다시 오기도 하고, 저 멀리 달아나기도 한다. 어차피 지구는 둥그니까 언젠간 다시 만나겠지.

악플 읽기

날 때부터 대통령인 사람도 없고, 날 때부터 연예인이었던 사람도 없다. 모두가 공평하게 이번 생은 처음 부여받았다. 처음 살아보는 세상, 어떻게 하면 잘 살 수 있을까?

어릴 적엔 부모님이 끌어주고, 학생 땐 친구들과 함께 가고, 사회에 나가면 또 선후배들이 밀어주고 끌어준다. 나도 날 때부터 유튜버가 아니어서 우여곡절이 상당하다. 팔자에도 없었던 유튜버가 된 탓인지 한 걸음 한 걸음 나아가기가 만만치 않다.

유튜브를 하기 위해선 영상편집, 아이디어, 성실함 등이 중요하다고 하지만 그걸 뛰어넘을 만큼 중요한 게 한 가지 더 있다. 바로 악플을 감수하는 것이다.

흔히 잘나가는 연예인들이 악플 때문에 힘들다고 하소연하면 이런 댓글이 달린다. 일반인이 만지지 못하는 돈을 만지니까 그 정도는 감수해야 하는 것 아니냐고. 반은 맞고 반은 틀린 말이다. 인기 연예인과 1n만 구독자를 가진 유튜버와는 비교조차 되지 않지만 어쨌든 악플에 대해 생각해보는 계기가 됐다.

유튜브 초창기에는 일명 선플만 달렸다. 보는 사람이 적어서 그랬는지도 모르겠다. 하지만 구독자가 늘고 조회 수가 증가하고 알고리즘 선택을 받으면서 남녀노소 불특정 시청자의 유입이 증가했다. 그때부터 시작이었다. 점점 악플이 달리는 횟수가 잦아졌다. 불혹을 바라보는 나이라지만 이런 식의 악플은 처음이라 잠시 당황했다. 그래도 모든 댓글이 소중하다.

몇 개월 전 잠시 조회 수와 구독자 수가 주춤한 적이 있다. 그때도 물론 수백 개의 선플이 달렸지만 악플이 눈에 띄게 줄었다. 그러다 조회 수가 회복되니 또 악플이 달렸다. 마치 악플이 달려야 유튜브가 잘되고 있다는 공식이 성립하는 것처럼 느껴질 정도였다. 그래서 오늘도 악플을 맞이할 준비를 하고 있다.

순한 맛 댓글들

-조금 모자란 거 같아. 무임승차.

-넌 하는 짓거리가 평생 과부다….

-술 취해서 맛탱이가 갔네?

-애 부모 속 존나 썩였겠네. 하는 꼬라지 보니.

-못난 년.

-맞네! 나사 빠진 년.

-유튜브로 돈 벌었으면 독립해야지. 나이 든 부모 집에서….

이 정도는 순한 편이다. 심한 욕설은 유튜브 댓글 시스템에서 자동으로 걸러진다. 그걸 알고 있는 시청자 중에는 시스템에 걸리지 않게 아주 교묘하게 욕설 댓글을 쓰는 사람도 있다. 머리끝부터 발끝까지 심지어 목소리에 대한 악플은 물론 흔히 말하는 가족 건드리는 악플도 있다.

흔히 영화에는 "가족은 건드리지 마."라고 말한 뒤 멋지게 정의를 구현하는 장면이 나온다. 하지만 솔직히 나는 가족에 대한 악플이 있어도 크게 신경 쓰지 않는다. 어차피 유튜브 영상의 단면만 보고 달리는 댓글이고 사실이 아닌 내용이기에 그렇다(불효자라 그런 게 아닙니다).

성장 단계에 있는 유튜버들이 한 번씩 악플 때문에 힘들다는 영상을 올릴 때가 있다. 나는 악플에 대한 언급 자체를 하지 않았는데 올 초 처음으로 관련 영상을 올렸다. 악플을 달지 말라는 뜻에서 올린 것도 아니고, 위로를 받고자 올린 것도 아니다. 유튜브 4년 차로서의 고민 토로였다고나 할까. 그냥 생각을 나누고 싶었다.

처음부터 지금까지 가장 많이 달렸던 댓글이 술방인지 먹방인지 헷갈린다는 거였다. 이건 물론 악플이 아니다. 있는 그대로 느낀 걸 구독자들이 알려줬을 뿐. 지금도 술방과 먹방을 분리하기 힘들다. 술도 좋아하고 먹는 것도 좋아하는데 어떻게 둘 중 하나만 선택할 수 있을까?

"악플도 관심이다."
"관심이 없으면 악플도 달지 않는다."
이런 말들이 꽤 와닿는다. 유튜브를 시작한 이상 악플은 평생 함께 가야 하는 친구라고 생각한다. 착한 친구만 친구가 아니다. 쓴소리도 하고 때로는 정말 얼토당토않은 공격을 하는 친구도 있다. 가끔 나처럼 모자란 친구도 있고. 오늘도 다양한 친구들 덕분에 재미난 하루를 보낼 수 있었다.

착한 친구만 친구가 아니다.
쓴소리도 하고 때로는 정말
얼토당토 않은 공격을 하는 친구도 있다.
오늘도 다양한 친구들 덕분에
재미난 하루를 보낼 수 있었다.

현실의 벽

인간의 3대 욕구가 수면욕, 식욕, 성욕이라고 하던데 이젠 여기에 하나를 더 붙여야 할 것 같다. 주욕! 맞다, 술 '주'酒 자를 써서 주욕이다. 못 마시는 사람 빼고 다 마신다는 그 술 말이다. 미각이 뛰어난 사람이 부럽다. 물론 음식 맛보다 술맛을 잘 아는 사람을 말하는 거다.

특히 와인에 대해 꼬부랑 말을 섞어가며 말하는 사람을 보고 있노라면 그렇게 있어 보일 수가 없다. 난 마실 줄 아는 거라곤 소주가 다인데 말이다. 소주도 닥치는 대로 마실 뿐 맛 구별은 제대로 하지 못한다. 이런 막입도 술먹방 유튜브를 할 수 있다니, 참 좋은 세상이다.

대학생 때는 커피조차 잘 못 마셨다. 시커먼 색의 아메리카노를 찔끔 마셨던 순간, 한약 같은 맛을 잊을 수가 없었다. 맛없는 커피를 사 먹는 동기들이 이해되지 않았다.

하지만 또 술은 입맛에 맞았다. **커피의 쓴맛과 술의 쓴맛은 급이 다르다. 고급, 저급 이런 급이 아니라 인생의 급(?)이라고 해야 할까?** 대학교 주변의 밥집은 늘 푸짐하고 저렴했다. 백반 하나씩 시켜서 반주로 술을 마셨던 그때 그 시절이 가끔 그립다.

대학교 축제 때 과 전통으로 내려오는 이벤트가 있다. 바로 1일 주점을 여는 것이다. 매년 신입생들이 콘셉트를 정하고 도맡아서 운영했다. 메뉴 이름을 짓고, 장을 보고, 동기들과 안주를 만들며 1일 포차 체험을 해봤다. 어라? 이거 내 적성에 맞는 것 같은데 실제로 해보고 싶다는 생각도 들었다.

치킨집은 정년퇴직하신 아저씨들을 위해 남겨둬야 했다. 대학생의 머릿속에는 그저 친구들이나 동네 사람들이 한 번씩 들르는 정 많은 그런 골목길 포차의 그림으로 가득했다. 어릴 적 누구나 꿈꿔보는 연예인의 꿈, 대통령의 꿈처럼 그런 것 중 하나였다. 하지만 장사가 만만치 않다는 건 이론으로 충분히 알고 있다.

　현실의 벽이 한없이 높게 느껴질 때가 있다. 자신감이 떨어지고 내가 작게 느껴지는 그런 때. 어느 날 아침은 뭐든 다 해낼 수 있을 것 같다가도 바로 몇 시간 만에 갑자기 추락하는 기분이 들기도 한다. 그럴 때 주문을 거는 한마디가 있다. 그 어떤 명언도 나에겐 잘 먹히지 않았는데 이 단어 하나만큼은 정말 소중하다. '움직여'라는 단어.

　머리든 몸뚱이든 뭐든 움직여야 살아남을 수 있다. 현실의 벽을 뛰어넘지 못하더라도 움직여야 지금 내가 숨 쉴 구멍이 보이더라.

　유튜브를 시작한 이유가 술친구를 만들고 싶어서라고 했지만 그 이면에 담긴 이유는 외로움이다. 코로나가 우리 삶에 많은 변화를 일으켰더라. 마침 회사를 옮겼는데 코로나로 사람들을 만날 수 없으니 인간관계가 끊겼다. 원래도 별거 없는 인간관계였는데 씨까지 말랐다.

　그래서 카메라를 켰다. 할 줄 아는 거라곤 술 마시는 거라서 정말 술만 마셨다. 안주도 먹긴 먹었다. 말할 상대가 없어서 카메라를 보고 떠들었다. 신기하게 점점 외로움이 사라져갔다. 구독자와 진짜 술친구가 된 느낌이었다.

'인간의 3대 욕구'라 불리는 세 가지

식욕   성욕   수면욕

그리고 또 하나

주욕(주酒:욕)
술에 대한 욕망

예전엔 잘하는 게 뭐냐고 물으면 할 말이 없었다. 잘한다는 것에 대한 기준은 각기 다르지 않나. 그래서 대답하기가 두려웠다고나 할까. 하지만 지금은 눈치 보지 않는다. 당당하게 '혼술'이라고 외친다. 그러면 다들 농담으로 알고 웃으며 넘긴다. 이때 중요한 건 난 진지했다는 거다.

어느 날부터 내게 일어나는 일들의 결과를 내 탓으로 돌렸다. 현실의 벽을 뛰어넘는 데 성공해도 실패해도 모두 내 책임이다. 그냥 남 탓하고 싶은 마음이 드는 게 싫었다. 어릴 적엔 누구나 그랬을 거다. 부모 탓, 형제 탓, 친구 탓. 하물며 물건에 책임을 전가하며 탓을 했다.

지금은 탓할 대상이 없으니 자연스럽게 나에게 더 집중한다. 성공했던 모든 일을 나의 공이라고 자화자찬하며 잘 먹고 잘 살자고 이러는 게 아니다. 누가 봐도 남 탓이어서 남 탓을 했는데 남 탓을 할수록 나를 갉아먹고 있었다. 인생은 왜 가면 갈수록 고난의 연속인 걸까? 이것도 내 탓이겠지?

아니, 잠깐만! 그런데 이렇게 날고 기어봤자 이 모든 과정이 술을 먹기 위한 여정이었다면? 성공해봤자 술이나 더 사 먹겠지? 갑자기 머릿속이 하얘진다.

꿈속에서

땀 흘려 일하거나 땀 흘려 운동한 후의 개운함을 좋아하지 않는다. 땀 흘리는 걸 싫어한다. 끈적하고 찝찝하고 다시 샤워해야 하는 수고로움이 시간 낭비처럼 여겨지니까.

특히 여름엔 씻고 난 후부터는 땀을 안 내려고 무던히도 노력한다. 10분 걸릴 거리를 한여름엔 더 천천히 걸어간다. 기어간다는 표현이 딱 맞다. 더우면 땀 흘리는 게 당연한데 그 당연한 게 싫다고 발버둥치고 있는 꼴이란. 우주 저 멀리에서 내려다보면 수많은 까만 점 중 하나일지도 모르는데 말이다.

그렇다고 매번 최선을 다하지 않는 건 아니다. 1인분은 거뜬히 해내고 있다. 겉모습만 보고 판단하면 큰 오류가 난다. 까다롭게 행동하면서 까다롭게 보지 말아달라니 참 이상한 논리다. 하지만 겉과 속이 같은 사람은 흔치 않다. 스스로는 오류투성이면서 남들은 솔직하길 바란다.

이렇게 타락한 데는 이유가 있다. 험한 현생을 헤쳐나가기 위한 수많은 무기 중의 하나라고나 할까. 피할 수 없으면 즐기는 건 옛말이다. 피할 수 있으면 피하는 게 좋다. 피할 수 없을 땐 슬며시 무기를 내비쳐야 한다.

다들 사회생활을 할 땐 가면을 쓴다고 한다. 내가 있는 곳의 모양대로 내가 만들어진 것뿐이라 사실 특별한 건 없다. 밭일할 땐 농부처럼, 집에선 베짱이처럼, 사회에선 사회가 원하는 대로 행동해주는 것뿐. 말하지 않아도 일부러 그러는 게 아님을 안다. 사회에 길들어져야 하는 착한 영혼들일 뿐이다.

그래도 모두가 이루고 싶은 꿈은 하나씩 간직하고 있을 것이다. 꿈의 크기는 각기 다르지만 간절함은 비슷하지 않을까. 우린 매년 꿈을 만든다. 1년 동안 다짐할 기회는 공평하게 세 번 주어진다. 진짜 1월 1일, 그다음은 신정, 그다음은 바로 새 학기가 시작하는 3월이다. 그 세 번의 기회를 날려 먹으면 진짜 인간도 아니다. 그래서 난 아직도 마늘을 열심히 먹고 있다.

　올해 꿈은 뭐였더라. 느슨하지만 그래도 아직 끈을 놓지 않았다. 남들은 다 하는데 나만 못하는 것 같은 바로 그것. 취직과 결혼이다. 아니 좀 더 기준을 낮추면 면접을 보러 다니는 것과 연애다. 취직 먼저? 아니 결혼 먼저? 닭이 먼저냐 달걀이 먼저냐의 문제 되시겠다.

　일단 취직과 결혼을 둘 다 해보기로 했다. 어떻게 보면 정말 쉬운 문제인데 너무 어렵다. 마음에 차지 않아도 아무 곳이나 취직하라면 할 수 있다. 결혼도 마찬가지다. 마음에 들지 않아도 결혼하라면 할 수 있다. 하지만 이렇게 해서는 꿈을 이뤘다고 할 수 없잖은가. 둘 다 마음에 쏙 드는 걸로 채울 날이 올 거라 믿는다.

　아, 또 하나 있다. 유튜브가 더도 말고 덜도 말고 지금 이대로였으면 좋겠다. 한 단계 높은 성장은 원하지 않는다. 다이어트도 유지하는 게 더 힘들듯 유튜브 역시 그렇다. 유튜브를 빼면 나를 설명할 수 있는 단어가 없을 만큼 소중하다. 하지만 요즘 세상에 평생 직업은 없다. 그렇기에 마음을 비우려 한다.

　처음 유튜브를 시작했을 땐 술값이나 벌면 다행이었다. 하지만 유튜브를 하면 할수록 더 많은 것을 바라게 된다. 이왕 이렇게 된 거 유튜브가 잘돼서 시그니엘 같은 아파트를 갖고 싶다. 꿈은 크게 꾸라고 했잖나. 어차피 이생에선 못 이룰 꿈인 걸 알기에 감 한번 찔러보는 셈 친다.

현실적인 꿈을 말하자면 반지하 작업실을 햇빛이 잘 드는 지상으로 옮기는 것이다. 옥탑으로 가면 되지 않느냐는 논리는 언제든 환영이다. 하지만 원하는 동네에 나온 옥탑방이 없었다.

아 참, 옥상에서 고기 구워 먹고 싶은 작은 소망도 생겼다. 이렇게 얘기하니까 시그니엘보단 상가 작업실을 구하는 게 상대적으로 훨씬 쉽게 느껴진다.

하지만 상가는 권리금과 월세, 관리비가 만만치 않아서 일단 보류다. 무리해서라도 갈 이유가 있다면 갔겠지만 뱁새가 황새 따라가다 가랑이 찢어질 게 뻔하다. 지금은 사실 상가도 벅찬 목표인데 시그니엘과 비교하니 왜 이렇게 작고 하찮아 보이는 걸까. 금방이라도 이룰 수 있을 것 같다.

작은 꿈을 쉽게 이루기 위해서 큰 꿈을 꾸는 사람이라고나 할까. 발상의 전환, 아니 꿈의 전환이다.

흔히 말하듯 소위 금수저, 더 나아가서 다이아몬드 수저를 갖고 태어난 사람들이 있다. 꼭 돈에 국한된 것만이 아니다. 공부 머리를 타고났을 수도 있고, 뛰어난 외모를 가졌을 수도 있다. 매주 한 번은 수억 원의 복권 당첨자가 생겨나고, 소소한 이벤트 당첨자도 수십, 수백 명이 생긴다. 나도 이들 중 한 명이 될 수 있을까?

노력해서 꿈을 이뤘을 때와 별다른 노력 없이 행운을 맞봤을 때, 언제가 더 기쁠까? 아무거나 좋으니 간이라도 볼 수 있다면 좋겠다. 찬밥 더운밥 가릴 처지가 아니다. 그렇다고 너무 잘하려고 독기 바짝 세우고 달려들지도 않으려 한다. 자연스럽게 살다 보면 꿈도 자연스럽게 찾아오겠지.

마음에 들어

2차 성징이 다소 늦게 나타났던 나는 초등학생 때 한 친구를 이해하지 못했다. 그 친구는 항상 큰 티셔츠를 입었고 자꾸만 어깨를 웅크린 채 가슴을 가리려는 행동을 자주 했다. 속으론 '왜 저러지?' 싶었지만 굳이 묻진 않았다.

언제인가 단체로 소변검사를 하는 날이었다. 외부에서 오신 선생님이 "너 생리하니?"라는 말을 반 아이들이 다 들리도록 하셨다. 그 친구는 부끄러운지 고개를 푹 숙인 채 대답했다. 왜 저렇게 부끄러워하지? 생리는 뭐지? 그렇게 중학생이 됐고 그제야 나에게도 2차 성징이 나타났다. 그리고 비로소 초등학생 시절 그 친구에 대한 수수께끼가 풀렸다.

브래지어라는 걸 해야 했다. 갑갑하고 마음에 들지 않았다. 지금은 집에 오면 브래지어를 가장 먼저 벗는다. 친구들은 브래지어를 벗고 있는 게 편하지만 가슴이 처질까 봐 걱정된다는 말을 종종 한다. 나는 세상에 그런 고민이 존재하는지 처음 알았다. 처질 걱정 없는 작고 소중한 내 가슴이 지금은 아주 마음에 든다. 후.

"젊은 날엔 젊음을 모르고, 사랑할 땐 사랑이 보이지 않았네."
이상은의 〈언젠가는〉이라는 노래 가사다. 1993년도에 나온 노래인데 가수들이 커버 곡으로 부르면서 MZ세대한테도 많이 알려졌다. 이 노래 가사를 쓸 당시 이상은이 스물세 살이었다는데 어떤 인생을 살아온 건지 참 궁금해지는 가수다.

내가 기억하는 나의 20대가 그랬다. 그 당시에는 외적인 것부터 내적인 것까지 하나도 마음에 들지 않았다. 지금 생각해보면, 아니 그때 사진만 꺼내 봐도 정말 싱그럽고 파릇파릇했었는데 말이다. 그땐 그걸 몰랐다.
다시 20대로 돌아간다면 나를 참 예뻐해주고 그때 시절을 아주 잘 즐겨줄 거다. 40대가 되면 30대였던 내 모습도 예쁘게 느껴지려나? 사실 지금 보기엔 나의 30대가 그리 대단하지도 예쁘지도 않지만 잘하고 있다고 토닥여주고 있다.

서른일곱 살의 노처녀인데 나는 아직 결혼 정보 회사 문턱도 밟아보지 못했다. 프로필로 등급을 나눈다는데 자신이 없다. 숫자로 혹은 한 단어로 표시되는 내 인생. 37년이나 살았는데 막상 써내려갈 프로필이 잘 떠오르지 않는다. 이력서 쓸 때만큼이나 막막하다.

풍요 속의 빈곤이란 말이 이럴 때 어울리는 건가? 나름 풍요롭다고 생각했던 인생이 확 쪼그라드는 느낌이다. 겉보기에는 하하 웃고 있지만 속은 텅 비어 있는 것 같다. **그래도 이만 하면 나는 내가 마음에 드는데 설명할 방법이 없다.**

길거리에서 좋아하는 노랫소리가 들리면 갑자기 기분이 좋아진다. 그날은 왠지 작은 행운이 따라올 것만 같다. 이렇게 소소한 것에 의미를 부여한다는 건 그만큼 소심한 건가, 세심한 건가? 단어 한 글자 차이지만 어마어마한 차이가 나는구나.

초창기에는 마음에 안 들어 올리지 않은 유튜브 영상이 몇 개 된다. 일인 다역을 하고 있다 보니 가끔 카메라 초점이 나가기도 하고 마이크 켜는 걸 깜빡하기도 한다. 그것 말고도 얼굴이나 몸 상태가 안 좋아 보이는 등 핑계는 아주 많다. 영상을 올리지 말자고 결정할 때는 마음이 아프다. 미공개 영상들은 아직도 이름 없는 폴더에서 잠자고 있다.

꺼내 보고 싶지만 낯간지러워서 올해도 잠을 푹 재울 것 같다. 언젠간 혼자 꺼내 보며 킥킥댈지도 모르겠다. 지금은 오히려 영상이 잘 안 나오더라도 개의치 않고 올린다. 편집으로도 살릴 수 없을 만큼 구도가 이상하기도 하고 마이크가 먹통이 돼도 그냥 그러려니 한다. 오히려 그런 자연스러운 영상이 1인 유튜버의 재미와 매력이라며 좋아해주신다.

솔직히 말하면 이렇게 실수하는 모습을 감싸주니 멍청이라고 자책하던 내가 부끄러워졌다. 영상에 대해 하나도 몰랐던 사람이 갑자기 유튜브를 하겠다고 나섰을 땐 몰랐다. 영상을 찍고 편집하는 일이 이토록 개고생인 줄.

같은 실수를 반복하는 나한테 질렸는데 이젠 그런 모습조차도 좋아해주기로 했다. 오히려 더 재밌는 영상이 나오기도 하더라. 그렇지만 단 한 번도 실수를 의도하진 않았다. 어쩜 그리 실수를 많이 했는지 참 대단하다.

나는 그래도 이만하면 내가 마음에 드는데
어떻게 설명할 방법이 없네.

지금 사랑하지 않는 자 유죄가 아니라,
지금 나를 사랑하지 않는 자 유죄다.

세상에서 나를 가장 사랑하고, 나를 가장 마음에 들어하는 건 나여야만 한다. 지금 사랑하지 않는 자 유죄가 아니라 지금 나를 사랑하지 않는 자 유죄다. 흔해서 낡고 당연하게 느껴지는 이 말을 한때 잊고 살았다.

오늘도 이 정도면 제법 마음에 드는 하루를 보냈는데 코딱지만 한 단점 하나로 망칠 순 없다.

넌 어때?

묻고 싶은 게 있었다. 평소에도 죽음을 생각하고 살아가느냐고. 나는 그렇다. 내가 갑자기 죽어도 두려워하지 말자고. 주변 사람들이 죽어도 너무 슬퍼하지 말자고. 왜 이런 생각을 하고 사는지 모르겠다. 오래전부터 그랬던 것 같다.

한때는 죽음에 대해 찾아보기도 했다. 노화 때문에 혹은 병 때문에 죽음을 맞을 땐 어떤 느낌인지, 아무리 찾아봐도 마음에 드는 답은 없었다. 죽음을 겪어보지 않은 산 사람들의 이야기라서 그런가 보다. 누구나 평생 딱 한 번 죽음을 경험할 수 있기에 아무도 제대로 된 답을 모르겠지.

멋있게 한번 말해보자면 죽을 각오로 살고 있다는 뜻이다. 아침에 눈을 뜨고 밥을 먹는 것조차 대단한 일이다. 배탈이 심하게 난 후에는 먹을 수 있다는 자체에 감사함을 느낀다. 죽을 각오로 덤비면 못 할 일이 없지 않나. 물론 밥 한 끼 먹는데 이렇게 진지할 필요는 없다. 매 순간이 이런 긴장의 연속이라면 소화제를 달고 살아야 한다.

죽을 각오라고 하니까 너무 거창해 보이려나? 도전했는데 실패했다고 해서 정말 죽겠다는 게 아니다. 최선을 다했으니 미련 없이 뒤돌아설 수 있는 상태를 말한다. 10번 중 다섯 번은 실패한 것 같은데 그럴 때마다 슈퍼마리오처럼 알록달록 버섯 하나 먹고 수백 번을 부활했다.

가끔 지인들이 묻는다. 유튜버로 살아가는 삶이 어떠냐고. 많이 유명하지 않아서 그런지 딱히 달라진 것도 없다. 물론 우연히 알아봐주는 분들이 계시지만 평범하게 직장생활을 하는 느낌이다. 요즘은 유튜버도 하나의 직업으로 대우해준다. 하지만 평생 직장이란 없다고들 하지 않나. 유튜버 역시 다르지 않다.

시작이 있으면 끝이 있다는 건 어디에 붙여놔도 맞는 말이다.

그래서일까. 요즘 마음가짐이 조금 바뀌었다. 유튜브를 시작할 땐 가벼웠지만, 지금은 죽을 각오로 하고 있다. 그렇다고 24시간 유튜브에 매달린다는 건 아니다.

떡상이 있으면 떡락도 있는 법. 떡락했을 때의 운명은 마음가짐에 따라 달라진다. 그래서 매 순간 죽을 각오로 영상을 올리고 있다. 탁 놓게 돼버리는 순간이 와도 후회하지 않도록 말이다. 어쩌면 이 모든 건 다 나를 방어하기 위해서다.

이렇게 해야지만 끝이 보이는 순간 잘 보내줄 수 있을 것 같다. 사랑하는 사람과 헤어져야 했을 때처럼 사랑하는 일과 헤어지는 것도 만만치 않다. 그러니 최선을 다할 생각이다.

예전엔 이벤트 있는 재밌는 삶을 원했지만 지금은 별일 없는 일상이 더 소중하다. 친구들과 안부를 물을 때면 별말 없이 잘 지낸다는 답을 들어야 안심이 된다. 나에게도 누군가 안부를 물으면 반사작용처럼 무조건 잘 지내고 있다고 답한다.

분명 힘들었던 일도 있었는데 누군가 나에게 물어봐주니 '아, 이 정도면 별거 아닌 일 같아. 내가 유난 떨었던 것 같네.' 라는 생각이 들더라. 무소식이 희소식이라는 말이 딱 맞다. 힘든 일이 없었던 것처럼 무소식인 것처럼 굴면 정말 안 좋았던 기억은 마법처럼 사라져버린다.

　이렇게 치열하게 사는 인생을 두고 누군가는 전쟁 같다고 한다. 그런데 또 다른 누군가는 여행하는 것 같다고 한다. **같은 인생을 두고 누군 전쟁이라 하고 누군 여행이라 하다니. 전쟁터에서도 웃는 순간이 있을 테고, 여행을 하면서도 힘든 순간이 오겠지.** 이렇게 보니 둘 다 맞는 말이다.

　기억났다. 죽음이란 무엇인지 찾아보다가 어렴풋이 스쳤던 글. 죽음을 맞이하는 순간에는 미웠던 감정도 힘들었던 감정도 생각나지 않는다고. 누군가를 사랑하거나 누군가에게 사랑받았던 순간만 떠오른다더라. 기억은 가물가물하지만 어느 연구소의 많이 배운 연구원이 밝힌 사실이라고 했다.

　나 역시도 그 순간이 오면 사랑만 기억날 것 같다. 그때까지 설마 혼자겠어? 어쩜 혼자일지도 모르겠다. **그렇다고 해도 사랑하고 사랑받은 기억은 지금도 아주 충분하다. 혹시 이 정도론 부족하려나? 그러면 지금부터 열심히 더 사랑하며 살아봐야겠다.**

현명한 느슨함

피할 수 없으면 즐기라는 말은 이제 너무 흔해 빠졌다. 이 말만큼 무책임한 말이 없다. 즐길 수 있었다면 이런 생각도 안 했고, 이런 행동도 안 했겠지. 개소리를 단호하게 쳐내는 것도 삶의 지혜다.

나는 안다. 아니, 우리는 알고 있다. 손에 잡히는 것 혹은 잡히지 않는 것 모두 인생길에서 만난 잠깐의 신기루라는 걸. 하지만 자갈길을 맞닥뜨릴 때면 전해지는 찌릿한 통증 때문에 눈에 뵈는 게 없어진다. 밤새 울어 눈탱이가 밤탱이가 되어도 나만 걸을 수 있는 길. 내가 해내야만 하는 길이다.

그 길 좀 빨리 가보겠다고 다들 공부하고 일하고 돈을 벌고 있다. 오늘도 난 3교대 야간근무를 하며 하품을 하다 또 눈물 한 방울 흘리겠지. 누군가 그랬다. 아니 정확히 말하면 우리 엄마가 그랬다. 밥만 먹고 화장실만 가는 사람은 되지 말라고. 이 중요한 일이 중요하지 않은 시대가 됐다. 하늘 같은 어버이 말씀에 반항하는 게 아니다. 밥 먹는 것 외엔 아무것도 하기 싫은 베짱이 심보라 뜨끔해서 그런 거다. 하지만 현실은 출근할 시간을 기다리며 개미인 척 가면을 쓰고 있다. 하늘도 감동받아 인생 한방 날로 먹여 달라고.

흔히 말하는 '내 인생의 봄날은 언제일까', '꽃길을 걸을 수 있을까' 하며 재촉하지 않는다. 야간근무 후 자는 잠이 봄날보다 좋고, 배고플 때 먹는 밥이 꽃길보다 좋다. 마치 행복한 기분을 느끼려 일부러 몸을 극한으로 밀어 넣는 기분이지만 아무렴 어떤가. 이런 모습도 내 일부분이다.

3교대 근무를 한다고 했을 때 많은 조언을 들었다. "혹시 돈이 급하게 필요해?", "몸 상하니까 주간 일 알아봐.", "몇 개월 못하고 관둘걸.", "유튜브에 올인해, 바보야!" 누군가의 말에 끄덕끄덕. 또 다른 누군가의 말에 끄덕끄덕. 사회에 맞지 않는 사람이 될까 봐, 아니 세상에 맞지 않는 사람이 될까 봐 겁먹는 순간 균형을 잃게 된다. 내 걱정은 내가 해주고 싶다. 진심을 다해서.

나라는 인간의 인생은 어느 추 어디쯤 맞춰져 있는 걸까? 어차피 설계자도 모른다. 굳이 알아내고 싶지도 않다. 생각 없이 내뱉는 남의 말 한마디에 상처를 받는 게 더 이상하다. 나는 무조건 내 편이다. 내 생각에, 내 마음에 더 귀 기울여주고 싶다. 스스로에게까지 무례할 필요는 없으니까. 가끔은 둔한 척도 해야 한다. 진짜 둔해서 탈이긴 하지만.

살짝 미쳐야 살기 좋다는 건 스스로를 방어하는 방법 중 하나다. 요즘같이 험난한 세상에서 나 하나 못 지킬까 봐 지레 겁먹고 미친 척이라도 하라는 거다. 그 속뜻을 들키지 않게 그럴듯한 말로 포장했을 뿐이다. 완벽하지 않아도, 살짝 미친 척하지 않아도, 1년 후 내 모습이 지금 그대로여도, 내 가치는 변하지 않는다.

하루하루를 완벽하게 보내면 나의 한 달이, 나의 1년이 완벽하게 채워질 것 같은데 막상 그렇게 되질 않는다. 이론상으로는 분명 틀린 게 없는데 실전에선 수많은 경우의 수가 존재한다. 행동이 완벽했어도 정신이 힘들었을 수 있고, 내가 완벽했더라도 타인 때문에 망쳐버릴 수도 있다. 그래서 장담하지 않을 거다. 널 이만큼 사랑했으니 나를 더 사랑해줘야 한다는 당위성, 희생하고 양보했으니 고마움을 느껴야 한다는 당위성, 세 끼를 굶었으니 무조건 몸무게가 줄어야 한다는 당위성, 복권을 수십 장 샀으니 당첨되는 게 정상이라는 당위성. '기대감'이라는 단어는 스스로

그냥 다 같이 안 힘들면 안 되나요?

를 좀먹게 할 뿐이다.

초등학생들에게 유행하는 몰랑이 인형처럼 흐물흐물한 마음으로 살기가 참 어려운 세상이다. 모두가 외친다. 조금 더 단단해지라고. 조금만 삐끗해도 그런 식으로 살지 말라는 화살이 날아온다. 한 번쯤은 날로 먹길 바라면서 진짜 날로 먹는 것 같은 사람을 못 견뎌 한다. 내가 힘든 만큼 남들도 힘들어야 공평하다고 생각한다. 그냥 다 같이 안 힘들면 안 되나요?

이만큼이나 먹은 내 나이. 공짜로 얻은 게 아니라서 '짠'하고 무언가로 변신해야 할 것 같지만 그것도 기대감일 뿐이다. 기대감은 삭제하고 그냥 받아들이면 된다. 어느 순간 불쑥 행운이 닥쳐도 불행이 닥쳐도, 있는 그대로 소화시키면 그만이다. 소화시키다가 살짝 상처가 나더라도 그 정도는 티도 안 난다. 날로 먹는 연습이라고 생각하면 소화 못할 게 없다. 앞으로의 시간을 어떻게 살아갈 건지에 대한 고민은 내 작심삼일 계획엔 없다. 오늘도 눈치 보지 않을 거다. 많이 깨달으려고, 많이 애쓰려고.